# 不小心就學會日語

雅典日研所 企編

在本書中，以適合初學者的模式，

循序漸進介紹各種常用的句型，鞏固文法觀念。

最適合初學者的日語文法書，

一看就懂的學習方式循序漸進攻略日語文法。

國家圖書館出版品預行編目資料

不小心就學會日語 / 雅典日研所編著

-- 二版. -- 新北市：雅典文化，民107. 09

面； 公分. -- (全民學日語；42)

ISBN 978-986-96086-8-8(50K平裝附光碟片)

1. 日語　2. 語法

803. 16　　　　　　　　　107011349

全民學日語系列 42

# 不小心就學會日語

企編／雅典日研所

責任編輯／許惠萍

封面設計／林鈺恆

法律顧問：方圓法律事務所／涂成樞律師

總經銷：永續圖書有限公司

永續圖書線上購物網
www.foreverbooks.com.tw

CVS代理／美璟文化有限公司
TEL：(02) 2723-9968
FAX：(02) 2723-9668

出版日／2018年09月

雅典文化

出版社

22103　新北市汐止區大同路三段194號9樓之1
TEL　(02) 8647-3663
FAX　(02) 8647-3660

# 50音基本發音表

## 清音　 MP3 002

| a ㄚ | i ― | u ㄨ | e ㄝ | o ㄡ |
|---|---|---|---|---|
| あ ア | い イ | う ウ | え エ | お オ |
| ka ㄎㄚ | ki ㄎ― | ku ㄎㄨ | ke ㄎㄝ | ko ㄎㄡ |
| か カ | き キ | く ク | け ケ | こ コ |
| sa ㄙㄚ | shi ㄒ― | su ㄙ | se ㄙㄝ | so ㄙㄡ |
| さ サ | し シ | す ス | せ セ | そ ソ |
| ta ㄊㄚ | chi ㄑ― | tsu ㄘ | te ㄊㄝ | to ㄊㄡ |
| た タ | ち チ | つ ツ | て テ | と ト |
| na ㄋㄚ | ni ㄋ― | nu ㄋㄨ | ne ㄋㄝ | no ㄋㄡ |
| な ナ | に ニ | ぬ ヌ | ね ネ | の ノ |
| ha ㄏㄚ | hi ㄏ― | fu ㄈㄨ | he ㄏㄝ | ho ㄏㄡ |
| は ハ | ひ ヒ | ふ フ | へ ヘ | ほ ホ |
| ma ㄇㄚ | mi ㄇ― | mu ㄇㄨ | me ㄇㄝ | mo ㄇㄡ |
| ま マ | み ミ | む ム | め メ | も モ |
| ya ―ㄚ | | yu ―ㄩ | | yo ―ㄡ |
| や ヤ | | ゆ ユ | | よ ヨ |
| ra ㄌㄚ | ri ㄌ― | ru ㄌㄨ | re ㄌㄝ | ro ㄌㄡ |
| ら ラ | り リ | る ル | れ レ | ろ ロ |
| wa ㄨㄚ | | o ㄡ | | n ㄣ |
| わ ワ | | を ヲ | | ん ン |

## 濁音　 MP3 003

| ga ㄍㄚ | gi ㄍ― | gu ㄍㄨ | ge ㄍㄝ | go ㄍㄡ |
|---|---|---|---|---|
| が ガ | ぎ ギ | ぐ グ | げ ゲ | ご ゴ |
| za ㄗㄚ | ji ㄐ― | zu ㄗ | ze ㄗㄝ | zo ㄗㄡ |
| ざ ザ | じ ジ | ず ズ | ぜ ゼ | ぞ ゾ |
| da ㄉㄚ | ji ㄐ― | zu ㄗ | de ㄉㄝ | do ㄉㄡ |
| だ ダ | ぢ ヂ | づ ヅ | で デ | ど ド |
| ba ㄅㄚ | bi ㄅ― | bu ㄅㄨ | be ㄅㄟ | bo ㄅㄡ |
| ば バ | び ビ | ぶ ブ | べ ベ | ぼ ボ |
| pa ㄆㄚ | pi ㄆ― | pu ㄆㄨ | pe ㄆㄝ | po ㄆㄡ |
| ぱ パ | ぴ ピ | ぷ プ | ぺ ペ | ぽ ポ |

## 拗音

| kya ㄎㄧㄚ | kyu ㄎㄧㄩ | kyo ㄎㄧㄡ |
|---|---|---|
| きゃ キャ | きゅ キュ | きょ キョ |
| sha ㄒㄧㄚ | shu ㄒㄧㄩ | sho ㄒㄧㄡ |
| しゃ シャ | しゅ シュ | しょ ショ |
| cha ㄑㄧㄚ | chu ㄑㄧㄩ | cho ㄑㄧㄡ |
| ちゃ チャ | ちゅ チュ | ちょ チョ |
| nya ㄋㄧㄚ | nyu ㄋㄧㄩ | nyo ㄋㄧㄡ |
| にゃ ニャ | にゅ ニュ | にょ ニョ |
| hya ㄏㄧㄚ | hyu ㄏㄧㄩ | hyo ㄏㄧㄡ |
| ひゃ ヒャ | ひゅ ヒュ | ひょ ヒョ |
| mya ㄇㄧㄚ | myu ㄇㄧㄩ | myo ㄇㄧㄡ |
| みゃ ミャ | みゅ ミュ | みょ ミョ |
| rya ㄌㄧㄚ | ryu ㄌㄧㄩ | ryo ㄌㄧㄡ |
| りゃ リャ | りゅ リュ | りょ リョ |

| gya ㄍㄧㄚ | gyu ㄍㄧㄩ | gyo ㄍㄧㄡ |
|---|---|---|
| ぎゃ ギャ | ぎゅ ギュ | ぎょ ギョ |
| ja ㄐㄧㄚ | ju ㄐㄧㄩ | jo ㄐㄧㄡ |
| じゃ ジャ | じゅ ジュ | じょ ジョ |
| ja ㄐㄧㄚ | ju ㄐㄧㄩ | jo ㄐㄧㄡ |
| ぢゃ ヂャ | ぢゅ ヂュ | ぢょ ヂョ |
| bya ㄅㄧㄚ | byu ㄅㄧㄩ | byo ㄅㄧㄡ |
| びゃ ビャ | びゅ ビュ | びょ ビョ |
| pya ㄆㄧㄚ | pyu ㄆㄧㄩ | pyo ㄆㄧㄡ |
| ぴゃ ピャ | ぴゅ ピュ | ぴょ ピョ |

● | 平假名 | 片假名 |

## 他動詞 ......................................................090

# 名詞

# 名詞

### 説明

名詞是用來表示人、事、物的名稱，或是用來表示抽象概念的詞。可以分為「普通名詞」、「既有名詞」、「外來語」、「數量詞」等種類。

---

普通名詞：廣泛指稱同一事物的名詞。

### 例詞

| 雨 (あめ) | 雨 |
| 猫 (ねこ) | 貓 |
| 野菜 (やさい) | 蔬菜 |
| 本 (ほん) | 書 |

---

外來語：自其他語言音譯而來的名詞。

### 例詞

| テレビ | 電視 |
| パソコン | 電腦 |
| エアコン | 冷氣 |
| パン | 麵包 |

---

既有名詞：某一事物的固定名稱，如地名、人名…等。

| 例　詞 | |
|---|---|
| <ruby>東京<rt>とうきょう</rt></ruby> | 東京 |
| <ruby>名古屋<rt>な ご や</rt></ruby> | 名古屋 |
| <ruby>琵琶湖<rt>び わ こ</rt></ruby> | 琵琶湖 |
| <ruby>佐藤<rt>さ とう</rt></ruby> | 佐藤（姓氏） |

**數量詞：用以表示數量或順序等。**

| 例　詞 | |
|---|---|
| <ruby>一<rt>ひと</rt></ruby>つ | 一個 |
| <ruby>一日<rt>ついたち</rt></ruby> | （每個月的）一號 |
| <ruby>二人<rt>ふたり</rt></ruby> | 兩個人 |
| <ruby>三<rt>みっ</rt></ruby>つ | 三個 |

**整理**

| 名詞分類 | 定義 | 例 |
|---|---|---|
| 普通名詞 | 廣泛指稱同一事物的名詞。 | <ruby>猫<rt>ねこ</rt></ruby>、<ruby>本<rt>ほん</rt></ruby> |
| 外來語 | 自其他語言音譯而來的名詞。 | テレビ、パン |
| 既有名詞 | 某一事物的固定名稱，如地名、人名。 | <ruby>東京<rt>とうきょう</rt></ruby>、<ruby>佐藤<rt>さ とう</rt></ruby> |
| 數量詞 | 用以表示數量或順序等。 | <ruby>一<rt>ひと</rt></ruby>つ、<ruby>三<rt>みっ</rt></ruby>つ |

名
詞

# 指示代名詞

## 說 明

代名詞是屬於名詞的一種，指的是「可以代替名詞的詞」。指示代名詞指的是用來代指特定事物、地點、方向等的名詞。

| 指示代名詞 | 代指事物 | 代指方向 | 代指地點 |
|---|---|---|---|
| 近距離<br>（靠近說話者） | これ<br>（這個） | ここ<br>（這裡） | こちら<br>／こっち<br>（這邊） |
| 中距離<br>（靠近聽話者） | それ<br>（那個） | そこ<br>（那裡） | そちら<br>／そっち<br>（那邊） |
| 遠距離<br>（距兩者皆遠） | あれ<br>（那個） | あそこ<br>（那裡） | あちら<br>／あっち<br>（那邊） |
| 不定稱 | どれ<br>（哪個） | どこ<br>（哪裡） | どちら<br>／どっち<br>（哪邊） |

# 人稱代名詞

説明

代名詞中除了指示代名詞外，另外還有人稱代名詞，即為一般所說「你、我、他」等。

| 人稱代名詞 | 敬稱（對長輩） | 一般稱呼（對平輩） |
| --- | --- | --- |
| 第一人稱（自稱） | わたくし／わたし（我） | わたし（我）<br>私たち（我們） |
| 第二人稱（對稱） | あなた／あなたさま（您） | あなた（你）<br>あなた達（你們）<br>あなた方（你們） |
| 第三人稱（他稱） | この方（這一位） | この人（這個人）<br>その方（那一位）<br>その人（那個人）<br>あの方（較遠的那一位）<br>あの人（較遠的那個人）<br>彼（他）<br>彼ら（他們）<br>彼女（她）<br>彼女達（她們） |
| 不定稱 | どなた（哪一位） | どの人（哪個人）<br>どなた様（哪一位）<br>どなた（哪個人）<br>どの方（哪一位）<br>誰（哪個人） |

名詞

# 名詞＋の／と＋名詞

### 説明

前面學過了各種名詞的分類。若是要同時使
用兩個名詞的時候，該怎麼辦呢？這時就要
在兩個名詞的中間加上「の」或是「と」等
助詞，來表示兩個名詞之間的關係。「の」
是表示兩個名詞間的所屬、所有關係。「と」
則是表示兩個名詞是同等並列關係。（在此
先列出較常用的名詞接續方式，在助詞的篇
章中會有其他助詞用法的說明。）

### 例句

✽ 何時の飛行機ですか。（所屬、所有）

幾點的飛機呢？

✽ 彼の靴です。（所屬、所有）

他的鞋子。

✽ 社長の息子です。（所屬、所有）

老闆的兒子。

✽ 先生と学生です。（同等並列）

老師和學生。

✽ 部長と部下です。（同等並列）

部長和部下。

✽ 本と雑誌です。（同等並列）

書和雜誌。

# 名詞句

非過去肯定句
過去肯定句
非過去肯定疑問句
過去肯定疑問句
非過去否定句
過去否定句
非過去否定疑問句
過去否定疑問句
名詞句總覽

名詞句－非過去肯定句

## ここは<ruby>学校<rt>がっこう</rt></ruby>です

這裡是學校

名詞句

### 説 明

名詞句的基本句型，可以依照肯定、否定、過去、非過去、疑問等狀態來做變化。「ここは学校です」是屬於「非過去肯定」的名詞句，「です」是代表現在或未來的肯定。「ここ」和「学校」的部分，可以套用前面學到的各種名詞和代名詞，以熟悉並活用句子。

### 例 句

✽ <ruby>父<rt>ちち</rt></ruby>は<ruby>会社員<rt>かいしゃいん</rt></ruby>です。

家父是上班族。

✽ <ruby>今日<rt>きょう</rt></ruby>は<ruby>土曜日<rt>どようび</rt></ruby>です。

今天是星期六。

✽ これはパンです。

這是麵包。

✽ <ruby>彼<rt>かれ</rt></ruby>は<ruby>外国人<rt>がいこくじん</rt></ruby>です。

他是外國人。

✽ <ruby>明日<rt>あした</rt></ruby>は<ruby>一月一日<rt>いちがつついたち</rt></ruby>です。

明天是一月一日。

## 名詞句－過去肯定句

# ここは学校でした

這裡曾是學校

### 説明

「でした」是用於過去、肯定的表現方式，
「ここは学校でした」是屬於「過去肯定」
的名詞句。「ここ」和「学校」的部分，可
以套用各種名詞，以熟悉並活用句子。

### 例句

✱ 一年前、私は会社員でした。

　一年前，我曾是上班族。

✱ 昨日は休みでした。

　昨天是休假日。

✱ ここは学校でした。

　這裡曾經是學校。

✱ 昨日はいい天気でした。

　昨天是好天氣。

✱ あの人は課長でした。

　那個人曾經當過課長。

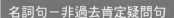
名詞句

## 名詞句－非過去肯定疑問句

# ここは学校ですか

これは学校ですか

這裡是學校嗎？

### 説明

「ここは学校ですか」是屬於「非過去肯定疑問句」的名詞句，「か」用於表示疑問。在日文正式的文法中，即使是疑問句，也使用句號，而非問號，一般而言，問號是使用在雜誌、漫畫等較輕鬆閱讀的場合。

### 例句

✱ あなたは台湾人ですか。

你是台灣人嗎？

✱ これは辞書ですか。

這是字典嗎？

✱ トイレはどこですか。

洗手間在哪裡呢？

✱ あの人は誰ですか。

那個人是誰呢？

✱ それはアルバムですか、シングルですか。

那是專輯，還是單曲呢？

## 名詞句－過去肯定疑問句

# ここは学校（がっこう）でしたか

這裡曾是學校嗎？

### 説明

「ここは学校でしたか」是屬於「過去肯定疑問句」的名詞句。「でした」用於過去、肯定的表現方式；「か」則用於表示疑問。同樣的，在正式文章中，句尾是使用句號，而非問號。

### 例句

✽今日（きょう）はどんな一日（いちにち）でしたか。

今天是怎樣的一天呢？

（問今天一天中，已經過去的時間過得如何）

✽あの人（ひと）はどんな子供（こども）でしたか。

那個人曾經是怎麼樣的孩子呢？

✽昨日（きのう）は雨（あめ）でしたか。

昨天曾經下雨嗎？

✽ここは公園（こうえん）でしたか。

這裡曾經是公園嗎？

✽小学校（しょうがっこう）の先生（せんせい）は誰（だれ）でしたか。

小學時的老師是誰呢？

## 名詞句－非過去否定句

# ここは学校ではありません

這裡不是學校

### 説明

「ではありません」表示非過去的否定。因此「ここは学校ではありません」是屬於「非過去否定句」的名詞句，意思是「這裡並非學校」。除了「ここは学校ではありません」，也可以用「ここは学校じゃありません」。在下面的例句中，「ではありません」和「じゃありません」兩者間皆可替代使用。

### 例句

✽ 私は佐藤ではありません。

我不是佐藤。

✽ これは本ではありません。

這不是書。

✽ ここは駅ではありません。

這裡不是車站。

✽ あの人は先生ではありません。

那個人不是老師。

✽ 今は三月じゃありません。

現在不是三月。

## 名詞句－過去否定句

# ここは学校（がっこう）ではありませんでした

這裡過去不是學校

### 説明

前面學過非過去否定的「ではありません」，在後面加上表示過去的「でした」，即完成過去否定的形式。「ここは学校ではありませんでした」是屬於「過去否定句」的名詞句，意思是「這裡過去並非學校」。除了「ここは学校ではありませんでした」，也可以用「ここは学校じゃありませんでした」。在下面的例句中，「ではありませんでした」和「じゃありませんでした」兩者間皆可替代使用。

### 例句

✻ 昨日（きのう）は休（やす）みではありませんでした。

　昨天不是假日。

✻ 先月（せんげつ）は二月（にがつ）ではありませんでした。

　上個月不是二月。

✻ おとといは雨（あめ）ではありませんでした。

　前天不是雨天。

✻ 朝（あさ）ごはんはパンじゃありませんでした。

　早餐不是吃麵包。

## 名詞句－非過去否定疑問句

# ここは学校<ruby>学校<rt>がっこう</rt></ruby>ではありませんか

這裡不是學校嗎？

### 説明

「ではありません」表示非過去的否定，在後面加上表示疑問的「か」，是表示非過去否定疑問的意思。因此「ここは学校ではありませんか」是屬於「非過去否定疑問句」。使用這句話時，除了是直接表達否定疑問之場合外，也用在心中已經認定「ここ」就是「学校」，但是用反問的方式問「這裡不是學校嗎」，以委婉表達自己的意見。同樣的，「ではありません」和「じゃありません」兩者間皆可替代使用。

### 例句

✽ <ruby>彼女<rt>かのじょ</rt></ruby>は<ruby>増田<rt>ますだ</rt></ruby>さんではありませんか。

她不是增田小姐嗎？

✽ それは<ruby>椅子<rt>いす</rt></ruby>ではありませんか。

那個不是椅子嗎？

✽ <ruby>明日<rt>あした</rt></ruby>は<ruby>日曜日<rt>にちようび</rt></ruby>ではありませんか。

明天不是星期天嗎？

✽ あの<ruby>人<rt>ひと</rt></ruby>は<ruby>部長<rt>ぶちょう</rt></ruby>じゃありませんか。

那個人不是部長嗎？

🎵 011

## 名詞句－過去否定疑問句

# ここは学校ではありませんでしたか

這裡過去不是學校嗎？

### 説明

「ではありませんでした」表示過去的否定，在後面加上表示疑問的「か」，是表示過去否定疑問的意思。因此「ここは学校ではありませんでしたか」是屬於「過去否定疑問句」的名詞句，意思是「過去這裡不是學校嗎」。使用這句話時，使用這句話時，除了是直接表達否定疑問之場合外，也用在心中已經認定這裡是學校，但是用反問的方式問「這裡不是學校嗎」，以委婉表達自己的意見。同樣的，「ではありませんでしたか」和「じゃありませんでしたか」兩者間皆可替代使用。

### 例句

✱ 彼は医者ではありませんでしたか。

他以前不是醫生嗎？

✱ 先週は休みではありませんでしたか。

上星期不是放假嗎？

🎵 012

✱ 大学時代の先生は伊藤先生ではありませんでしたか。

大學時的老師不是伊藤老師嗎？

✱ ここは動物園ではありませんでしたか。
　這裡過去不是動物園嗎？

✱ 昨日は晴れじゃありませんでしたか。
　昨天不是晴天嗎？

🎵 012

# 名詞句總覽

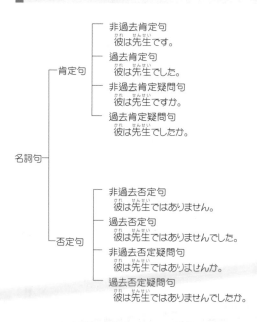

名詞句

肯定句
- 非過去肯定句
  彼は先生です。
- 過去肯定句
  彼は先生でした。
- 非過去肯定疑問句
  彼は先生ですか。
- 過去肯定疑問句
  彼は先生でしたか。

否定句
- 非過去否定句
  彼は先生ではありません。
- 過去否定句
  彼は先生ではありませんでした。
- 非過去否定疑問句
  彼は先生ではありませんか。
- 過去否定疑問句
  彼は先生ではありませんでしたか。

# 形容詞

い形容詞
な形容詞

# い形容詞

### 說明

日文中的形容詞大致可分為兩類，分別是「い形容詞」和「な形容詞」。大致上的分辨方法是，字尾為「い」結尾的形容詞為「い形容詞」。（但是偶爾會有例外，可參加「な形容詞」之章節。）

形容詞

### 例詞

| おいしい | 好吃 |
| 黒い | 黑的 |
| 甘い | 甜的 |
| 小さい | 小的 |
| 大きい | 大的 |
| 面白い | 有趣的 |
| 嬉しい | 高興的 |
| 優しい | 溫柔的 |

# ┃ い形容詞＋です

## 説明

描敘人、事、物時，可以單獨使用「い形容詞」，但加上「です」會較為正式和有禮貌。

## 例句

✻ おいしいです。

好吃。

✻ 黒いです。

黑色的。

✻ 甘いです。

很甜。

✻ 小さいです。

小的。

✻ 面白いです。

有趣。

✻ 嬉しいです。

高興。

# い形容詞＋名詞

### 説 明

「い形容詞」後面要加名詞時，不需做任何的變化，直接套用即可。

### 例 句

＊おいしいパンです。

好吃的麵包。

＊黒い熊です。

黑色的熊。

＊小さい箱です。

小的箱子。

＊大きい体です。

巨大的身體。

＊面白い映画です。

有趣的電影。

＊優しい人です。

溫柔的人。

形容詞

# い形容詞（變副詞）＋動詞

## 説明

將「い形容詞」轉換詞性成副詞，放在動詞前面時，要將「い」改成「く」，後面再加上動詞。（此處著重形容詞變副詞的部分，動詞變化可參照後面動詞之篇章。）

## 例句

✱ おいしく食べます。（おいしい→おいしく）
津津有味地吃。

✱ 小さく切ります。（小さくい→小さくく）
切得小小的。

✱ 大きく書きます。（大きい→大きく）
大大地寫出來。

✱ 面白くなります。（面白い→面白く）
變得有趣。

✱ 嬉しくなります。（嬉しい→嬉しく）
變得開心。

✱ 優しくなります。（優しい→優しく）
變得溫柔。

# い形容詞＋形容詞

### 説 明

兩個形容詞連用時，如果是「い形容詞」在前面，就要把「い」變成「くて」，後面再加上另一個形容詞即可（在後面的形容詞不用變化）。

### 例 句

✽ 甘くておいしいです。（甘い→甘くて）
　既甜又好吃。

✽ おいしくて甘いです。（おいしい→おいしくて）
　既好吃又甜。

✽ 小さくて黒いです。（小さい→小さくて）
　既小又黑。

✽ 黒くて小さいです。（黒い→黒くて）
　既黑又小。

✽ 優しくて面白い人です。（優い→優くて）
　既溫柔又有趣的人。

✽ 面白くて優しい人です。（面白い→優くて）
　既有趣又溫柔的人。

形容詞

# な形容詞

### 説明

前面提到了，日文中的形容詞大致可分為兩
類，分別是「い形容詞」和「な形容詞」。
「な形容詞」的字尾並沒有特殊的規則，但
是在後面接名詞時，需要加上「な」字，所
以稱為「な形容詞」。以下介紹幾個常見的
「な形容詞」。一般來說，外來語的形容詞，
都屬於な形容詞。

### 例詞

| | |
|---|---|
| ユニーク | 獨特的 |
| 元気<br>げんき | 有精神的 |
| 静か<br>しず | 安靜的 |
| 上手<br>じょうず | 拿手 |
| 賑やか<br>にぎ | 熱鬧的 |
| 好き<br>す | 喜歡的 |
| 大変<br>たいへん | 嚴重的／不得了 |
| 複雑<br>ふくざつ | 複雜的 |
| きれい | 漂亮的／乾淨的 |

（きれい雖然為い結尾，但是屬於「な形容詞」）

# な形容詞＋です

## 説 明

描敘人、事、物時，可以單獨使用「な形容
詞」，而加上「です」會較為正式和有禮貌。

## 例 句

✽ 元気です。

　有精神。

✽ 静かです。

　安靜。

✽ 上手です。

　拿手的。

✽ 賑やかです。

　很熱鬧。

✽ 好きです。

　喜歡。

✽ 大変です。

　糟了。／不得了了。

✽ 複雑です。

　很複雜。

## な形容詞＋名詞

### 説 明

「な形容詞」後面加名詞時，要在形容詞後面再加上「な」，才能完整表達意思。

### 例 句

＊ 静かな公園です。

安靜的公園。

＊ 賑やかな都会です。

熱鬧的城市。

＊ 好きなうたです。

喜歡的歌。

＊ 大変なことです。

辛苦的事。／糟糕的事。

＊ 複雑な問題です。

複雜的問題。

＊ きれいな人です。

美麗的人。

# な形容詞（轉副詞）＋動詞

## 説明

「な形容詞」後面加動詞時，要在形容詞後面再加上「に」，將「な形容詞」變為副詞之後，再加上動詞。

## 例句

✻ 静かに食べます。

安靜地吃

✻ 上手になります。

變得拿手。

✻ 元気に答えます。

有精神地回答。

✻ 好きになります。

變得喜歡。

✻ 大変になります。

變得嚴重。／變得糟糕。

✻ きれいに書きます。

漂亮地寫。／整齊地寫。

形容詞

**MP3** 017

# な形容詞＋形容詞

### 説　明

兩個形容詞連用時，如果是「な形容詞」在
前面，就要在「な形容詞」後面加上「で」，
後面再加上另一個形容詞即可（在後面的形
容詞不用變化）。

### 例　句

✽ 静かできれいです。

　既文靜又漂亮。／既安靜又整潔。

✽ きれいで静かです。

　既漂亮又文靜。／既整潔又安靜。

✽ 大変で複雑です。

　既糟糕又複雜。

✽ 複雑で大変です。

　既複雜又糟糕。

✽ 元気できれいな人です。

　既有精神又漂亮的人。

✽ きれいで元気な人です。

　既漂亮又有精神的人。

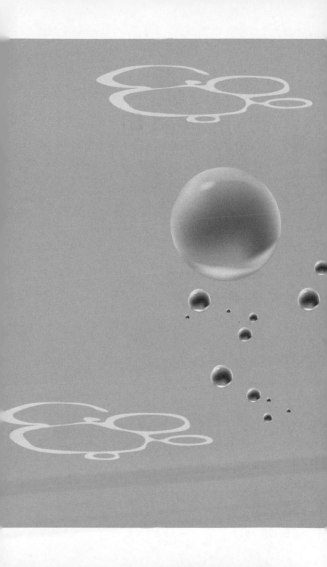

# い形容詞句

## い形容詞句－非過去肯定句

# 彼はやさしいです

他很溫柔

### 説 明

形容詞句的基本句型和名詞句很類似，也是用「AはBです」的型式。名詞句中，A和B都是套用名詞；而在形容詞句中，後面的B則是套用形容詞。因此在本句中「彼」是名詞，「やさしい」是い形容詞。

### 例 句

✽ 値段は高いです。

價格很高。

✽ 冬は寒いです。

冬天很冷。

✽ 仕事は多いです。

工作很多。

✽ 公園は大きいです。

公園很大。

✽ 服は新しいです。

衣服是新的。

✽ 時間は長いです。

時間很長。

## い形容詞句－過去肯定句

# 彼はやさしかったです

他以前很溫柔

### 説 明

い形容詞的過去式，是去掉了字尾的「い」
改加上「かった」，而句子最後面的「です」
則不需要做變化。在本句中，可以看到非過
去肯定的「やさしい」，變化成過去式的時
候，就變成了「やさしかった」。

### 例 句

✽ 値段は高かったです。（高い→高かった）

價格曾經很高。

✽ 去年の冬は寒かったです。（寒い→寒かった）

去年的冬天很冷。

✽ 仕事は多かったです。（多い→多かった）

工作曾經很多。

✽ この公園は大きかったです。
　（大きい→大きかった）

這座公園曾經很大。

✽ この服は新しかったです。
　（新しい→新しかった）

這件衣服曾經是新的。

✽ 時間は長かったです。（長い→長かった）

時間曾經很長。

## い形容詞句－非過去肯定疑問句

# 彼はやさしいですか

他很溫柔嗎

### 説明

在非過去肯定句「AはBです」的後面加上表示疑問的「か」，就是非過去肯定疑問句，其中A是名詞（句中的「彼」），B則是い形容詞句（句中的やさしい）。同樣的，疑問句在正式的文法中，句末是用句號而非問號。

い形容詞句

### 例句

❈ 値段は高いですか。

　價格很高嗎？

❈ 冬は寒いですか。

　冬天很冷嗎？

❈ 仕事は多いですか。

　工作很多嗎？

❈ この公園は大きいですか。

　這座公園很大嗎？

❈ この服は新しいですか。

　這件衣服是新的嗎？

❈ 時間は長いですか。

　時間長嗎？

## い形容詞句－過去肯定疑問句

# 彼はやさしかったですか

### 他以前很溫柔嗎

### 説明

前面曾經提到，い形容詞的過去式，是去掉了字尾的「い」改加上「かった」，在本句中，可以看到非過去肯定中的「やさしい」，變化成過去式的時候，就變成了「やさしかった」。而在「彼はやさしかったです」後面加上表示疑問的「か」，就是完整的過去肯定疑問句。

### 例句

✽ 値段は高かったですか。

價格曾經很高嗎？

✽ 去年の冬は寒かったですか。

去年的冬天很冷嗎？

✽ 仕事は多かったですか。

工作曾經很多嗎？

✽ 公園は大きかったですか。

公園曾經很大嗎？

✽ 服は新しかったですか。

衣服曾經是新的嗎？

✽ 時間は長かったですか。

時間曾經很長嗎？

020

## い形容詞句－非過去否定句

# 彼はやさしくないです
### 他不溫柔

### 説明

い形容詞的否定形，是去掉了字尾的「い」
改加上「くない」，而句尾的「です」則不
變。在本句中，可以看到非過去肯定中的「や
さしい」，變化成否定的時候，就變成了「や
さしくない」。除這種變化方法外，也可以
寫成「やさしくありません」；「ありませ
ん」是動詞「沒有」的意思，在動詞前面的
形容詞要去掉「い」改加上「く」，因此整
句就變成了：「彼はやさしくありません」。
肯定變成否定的變化如下：
肯定→否定
やさしいです→やさしくないです
或
やさしいです→やさしくありません

### 例句

✽ 値段は高くないです。

（高いです→高くないです）

價格不高。

✽冬は寒くないです。
　（寒いです→寒くないです）

冬天不冷。

✽仕事は多くないです。
　（多いです→多くないです）

工作不多。

✽公園は大きくありません。
　（大きいです→大きくありません）

公園不大。

✽服は白くありません。
　（白いです→白くありません）

衣服不白。

い形容詞句－過去否定句

# 彼はやさしくなかったです

他以前不溫柔

### 説明

在過去肯定的句型中曾經說過，い形容詞的過去式，是去掉了字尾的「い」改加上「かった」。而否定型中加上的「ない」，剛好就是い形容詞。因此變化成過去式的時候，就變成了「やさしくなかった」。除這種變化方法外，也可以寫成「やさしくありませんでした」；「ありません」是動詞「沒有」的意思，過去式要加上「でした」，因此整句就變成了：「彼はやさしくありませんでした」。

い形容詞從肯定變成否定，再變成過去否定的變化如下：

肯定→否定→過去否定

やさしいです→やさしくないです→やさしくなかったです

或

やさしいです→やさしくありません→やさしくありませんでした

例 句

✱ 値段は高くなかったです。
（高くないです→高くなかったです）

過去的價格不高。

✱ 去年の冬は寒くなかったです。
（寒くないです→寒くなかったです）

去年的冬天不冷。

✱ 仕事は多くなかったです。
（多くないです→多くなかったです）

過去的工作不多。

✱ 公園は大きくありませんでした。
（大きくありません→大きくありませんでした）

以前的公園不大。

✱ 服は白くありませんでした。
（白くありません→白くありませんでした）

衣服以前不白。

## い形容詞句－非過去否定疑問句

# 彼はやさしくないですか

他不溫柔嗎

### 説明

在非過去否定句「彼はやさしくないです」後面加上代表疑問的「か」，即成為過去否定疑問句。

### 例句

✱ 値段は高くないですか。

價格不高嗎？

✱ 冬は寒くないですか。

冬天不冷嗎？

✱ 仕事は多くないですか。

工作不多嗎？

✱ 足は長くないですか。

腿不長嗎？

✱ 公園は大きくありませんか。

公園不大嗎？

✱ 服は白くありませんか。

衣服不白嗎？

い形容詞句

## い形容詞句－過去否定疑問句

# 彼はやさしくなかったですか

他過去不溫柔嗎

### 説 明

在過去否定句「彼はやさしくなかったです」
或是「彼はやさしいくありませんでした」，
後面加上代表疑問的「か」，即成為過去否
定疑問句。

### 例 句

✽ 値段は高くなかったですか。

　以前價格不高嗎？

✽ 去年の冬は寒くなかったですか。

　去年的冬天不冷嗎？

✽ 仕事は多くなかったですか。

　以前工作不多嗎？

✽ 足は長くなかったですか。

　以前腿不長嗎？

✽ 公園は大きくありませんでしたか。

　公園以前不大嗎？

✽ 服は白くありませんでしたか。

　衣服以前不白嗎？

## い形容詞句－延伸句型

# うさぎは耳が長いです

兎子的耳朵很長

### 説明

在本句中，我們要用「耳は長い」來形容兎
子，但是「耳は長い」本身就是一個名詞句，
若要再放到名詞句中的時候，就要把「は」
改成「が」。變化的方式如下：

うさぎは＿＿＿＿＿＿＿です

↓

「耳は長い」改成「耳が長い」（は→が）

↓

うさぎは耳が長いです

### 例句

✱ キリンは首が長いです。

　長頸鹿的脖子很長。

✱ 象は鼻が長いです。

　大象的鼻子很長。

✱ 佐藤さんは足が長いです。

　佐藤先生（小姐）的腿很長。

✱ 長谷川先生は髪が短いです。

　長谷川老師的頭髮很短。

✱ あの人は頭がいいです。

　那個人的頭腦很好。

## 總整理—
## い形容詞的各種用法

⇨ い形容詞

おいしい。（好吃）

⇨ 一般用法

おいしいです。（好吃）

⇨ い形容詞＋名詞

おいしいケーキです。（好吃的蛋糕）

⇨ い形容詞（轉為副詞）＋動詞

おいしく食べます。（津津有味地吃）

⇨ い形容詞＋形容詞

おいしくて安いです。（既好吃又便宜）

⇨ 非過去肯定句

ケーキはおいしいです。（蛋糕很好吃）

⇨ 過去肯定句

昨日のケーキはおいしかったです。
（昨天的蛋糕很好吃）

⇨ 非過去肯定疑問句

ケーキはおいしいですか。（蛋糕很好吃嗎）

➾過去肯定疑問句

昨日のケーキはおいしかったですか。

（昨天的蛋糕好吃嗎）

➾非過去否定句

ケーキはおいしくないです。 （蛋糕不好吃）

ケーキはおいしくありません。 （蛋糕不好吃）

➾過去否定句

昨日のケーキはおいしくなかったです。

（昨天的蛋糕不好吃）

昨日のケーキはおいしくありませんでした。

（昨天的蛋糕不好吃）

➾非過去否定疑問句

ケーキはおいしくないですか。 （蛋糕不好吃嗎）

ケーキはおいしくありませんか。

（蛋糕不好吃嗎）

➾過去否定疑問句

昨日のケーキはおいしくなかったですか。

（昨天的蛋糕不好吃嗎）

昨日のケーキはおいしくありませんでしたか。

（昨天的蛋糕不好吃嗎）

➾延伸句型

田中さんは背が高いです。

田中先生身高很高。

い形容詞句

# な形容詞句

## な形容詞句－非過去肯定句

# 彼は元気です

他很有精神

### 説明

形容詞句的基本句型和名詞句很類似，也是用「AはBです」的型式，名詞句中，A和B都是套用名詞；而在形容詞句中，後面的B則是套用形容詞。因此在本句中「彼」是名詞，「元気」是な形容詞。

### 例句

✽ 発想はユニークです。

想法很獨特。

✽ 大家さんは親切です。

房東很親切。

✽ 仕事は大変です。

工作很辛苦。

✽ 交通は不便です。

交通不方便。

✽ 部屋はきれいです。

房間很整潔。

な形容詞句

## な形容詞句－過去肯定句

# 彼は元気でした

他曾經很有精神

### 説 明

な形容詞句的過去肯定句，和名詞的過去肯
定句變化方式相同，是將「です」改成「で
した」。

### 例 句

✱ 発想はユニークでした。

想法曾經很獨特。

✱ 大家さんは親切でした。

房東曾經很親切。

✱ 仕事は大変でした。

工作曾經很辛苦。

✱ 交通は不便でした。

交通曾經不方便。

✱ 部屋はきれいでした。

房間曾經很整潔。

## な形容詞句－非過去肯定疑問句

# 彼は元気ですか
### 他很有精神嗎

### 説 明

在非過去肯定句「彼は元気です」的後面加上表示疑問的「か」，即是「非過去肯定疑問句」。

### 例 句

✱ 発想はユニークですか。

想法很獨特嗎？

✱ 大家さんは親切ですか。

房東很親切嗎？

✱ 仕事は大変ですか。

工作很辛苦嗎？

✱ 交通は不便ですか。

交通不方便嗎？

✱ 部屋はきれいですか。

房間很整潔嗎？

## な形容詞句－過去肯定疑問句

# 彼(かれ)は元気(げんき)でしたか

他曾經很有精神嗎

### 説 明

在過去肯定句「彼は元気でした」的後面加上表示疑問的「か」，即是「過去肯定疑問句」。

### 例 句

✻ 発想(はっそう)はユニークでしたか。

想法曾經很獨特嗎？

✻ 大家(おおや)さんは親切(しんせつ)でしたか。

房東曾經很親切嗎？

✻ 仕事(しごと)は大変(たいへん)でしたか。

工作曾經很辛苦嗎？

✻ 交通(こうつう)は不便(ふべん)でしたか。

交通曾經不方便嗎？

✻ 部屋(へや)はきれいでしたか。

房間曾經很整潔嗎？

## な形容詞句－非過去否定句

# 彼は元気ではありません

他沒有精神

### 説 明

な形容詞句的非過去否定句和名詞句相同，
都是在句尾將「です」改為「ではありませ
ん」。同樣的，「ではありません」和「じゃ
ありません」兩者間皆可替代使用。

### 例 句

* 発想はユニークではありません。

  想法不獨特。

* 大家さんは親切ではありません。

  房東不親切。

* 仕事は大変ではありません。

  工作不辛苦。

* 交通は不便じゃありません。

  交通不會不便。／交通很方便。

* 部屋はきれいじゃありません。

  房間不整潔。

な形容詞句

MP3 027

### な形容詞句－過去否定句

# 彼は元気ではありません でした

かれ　げんき

他沒有精神

### 説明

な形容詞句的過去否定句和名詞句相同，都是在句尾加上「でした」。同樣的，「ではありませんでした」和「じゃありませんでした」兩者間皆可替代使用。

### 例句

✽ 発想はユニークではありませんでした。

はっそう

以前想法不獨特。

✽ 大家さんは親切ではありませんでした。

おおや　　　　　　しんせつ

房東以前不親切。

✽ 仕事は大変ではありませんでした。

しごと　たいへん

以前工作不辛苦。

✽ 交通は不便じゃありませんでした。

こうつう　ふべん

以前交通不會不便。／以前交通很方便。

✽ 部屋はきれいじゃありませんでした。

へや

以前房間不整潔。

## な形容詞句－非過去否定疑問句

# 彼は元気ではありませんか

他沒有精神嗎

### 説明

在な形容詞句的非過去否定句的句尾，加上
表示疑問的「か」，即是非過去否定疑問句。

### 例句

✽ 発想はユニークではありませんか。

想法不獨特嗎？

✽ 大家さんは親切ではありませんか。

房東不親切嗎？

✽ 仕事は大変ではありませんか。

工作不辛苦嗎？

✽ 交通は不便じゃありませんか。

交通不會不便嗎？／交通很方便嗎？

✽ 部屋はきれいじゃありませんか。

房間不整潔嗎？

な形容詞句

## な形容詞句－過去否定疑問句

### 彼は元気ではありませんでしたか

他以前沒有精神嗎

説明

在な形容詞句的過去否定句的句尾,加上表示疑問的「か」,即是過去否定疑問句。

例句

✽ 発想はユニークではありませんでしたか。
以前想法不獨特嗎?

✽ 大家さんは親切ではありませんでしたか。
房東以前不親切嗎?

✽ 仕事は大変ではありませんでしたか。
以前工作不辛苦嗎?

✽ 交通は不便じゃありませんでしたか。
以前交通不會不便嗎?/以前交通很方便嗎?

✽ 部屋はきれいじゃありませんでしたか。
以前房間不整潔嗎?

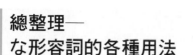 

# 總整理──
# な形容詞的各種用法

⇨ な形容詞

まじめ。

⇨ 一般用法

まじめです。 （認真）

⇨ な形容詞＋名詞

まじめな人<ruby>人<rt>ひと</rt></ruby>です。 （認真的人）

⇨ な形容詞（轉為副詞）＋動詞

まじめに勉強<ruby>勉強<rt>べんきょう</rt></ruby>します。 （認真地學習）

⇨ な形容詞＋形容詞

まじめできれいです。 （既認真又漂亮）

⇨ 非過去肯定句

彼<ruby>彼<rt>かれ</rt></ruby>はまじめです。 （他很認真）

⇨ 過去肯定句

彼<ruby>彼<rt>かれ</rt></ruby>はまじめでした。 （他以前很認真）

⇨ 非過去肯定疑問句

彼<ruby>彼<rt>かれ</rt></ruby>はまじめですか。 （他很認真嗎）

⇨ 過去肯定疑問句

彼<ruby>彼<rt>かれ</rt></ruby>はまじめでしたか。 （他以前很認真嗎）

な形容詞句

⇨ 非過去否定句

彼<sub>かれ</sub>はまじめではありません。（他不認真）

彼<sub>かれ</sub>はまじめじゃありません。（他不認真）

⇨ 過去否定句

彼<sub>かれ</sub>はまじめではありませんでした。

（他以前不認真）

彼<sub>かれ</sub>はまじめじゃありませんでした。

（他以前不認真）

⇨ 非過去否定疑問句

彼<sub>かれ</sub>はまじめではありませんか。（他不認真嗎）

彼<sub>かれ</sub>はまじめじゃありませんか。（他不認真嗎）

⇨ 過去否定疑問句

彼<sub>かれ</sub>はまじめではありませんでしたか。

（他以前不認真嗎）

彼<sub>かれ</sub>はまじめじゃありませんでしたか。

（他以前不認真嗎）

# ます形

# 敬體基本形—ます形

### 説 明

在日語中，依照說話的對象不同，而有敬體、常體之分。敬體即是對長輩、上司等地位較發話者身分高的人所使用的文體。而「常體」，則是和熟識的朋友、平輩或是晚輩使用的文體。在溝通時，使用敬體是較為禮貌的，因此初學日語時，都以學習敬體的基本形（丁寧語）為主。前面學過的名詞句、形容詞句，句尾都是用「です」或是加上「でした」，就是屬於敬體的一種。接下來要學習的動詞變化，也是以動詞的敬體基本形「ます形」為主。至於動詞、名詞、形容詞的常體用法，則在後面的篇章中再做說明。

ます形

| 對象 | 形態 | 例 |
|------|------|-----|
| 地位較發話者高 | 尊敬語 | お会いする（會晤）<br>（尊敬語） |
| 地位較發話者高 | 基本形 | 会います（見面）<br>地位與發話者平等<br>（丁寧語） |
| 地位較發話者低 | 常體 | 会う（碰面） |

# 自動詞

# 自動詞

### 説明

自動詞指的是「自然發生的動作」。像是下雨、晴天、花開…等，都是自然發生的動作，也可以說是動作自然產生變化，而不需要受詞。為了方便學習，在這裡的動詞都以「敬體ます形」的形式列出。（在日語中，有些動詞既是自動又是他動，或明明是靠他人完成的動作，卻用自動詞表現。初學者可以先了解動詞的意思，再依動作的主語及助詞來判別是自動詞還是他動詞。）

而自動詞在做肯定、否定、過去等形態的變化時，主要都是語幹不變（語幹即是動詞中ます的部分，如咲きます的語幹即是咲き），只變後面「ます」的部分。

| | |
|---|---|
| 咲きます | 開花 |
| 降ります | 降下／下（雨、雪） |
| 起きます | 起床 |
| 住みます | 住 |
| 座ります | 坐 |
| 寝ます | 睡 |
| 落ちます | 掉下 |
| 帰ります | 回去 |

ます形

MP3 030

## 自動詞句－非過去肯定句

# 状況が変わります
### じょうきょう　か

狀況改變

### 説明

自動詞的基本句型和名詞句相同，可依肯定、否定、疑問等，分成八種。非過去肯定句型，是「AがVます」，其中A是名詞，就是句中的「狀況」；而V則是自動詞，即是句中的「変わり」。句末則是用敬體的「ます形」。（為方便學習，初學階段建議背誦單字時以ます形的形式背誦）

值得注意的是，在名詞句、形容詞句中都是用「は」，但在自動詞句中，依照主語和句意的不同，會有「は」和「が」兩種不同的用法。為了方便學習，本書先用「が」為主要使用的助詞。

### 例句

＊雨が降ります。
　あめ　ふ

　下雨。

＊人が集まります。
　ひと　あつ

　人聚集。

＊商品が届きます。
　しょうひん　とど

　商品寄到。

＊時計が動きます。
　とけい　うご

　時鐘運轉。

## 自動詞句－過去肯定句

# 状況が変わりました

狀況已經改變了

### 説 明

自動詞的過去肯定句，就是要將動詞從非過去改成過去式。例如本句中的「変わります」變成了「変わりました」。即是將非過去的「ます」變成「ました」。而前面的名詞、動詞語幹（ます前面的部分）則不變。

### 例 句

✽ 雨が降りました。

（降ります→降りました）

已經下雨了。

✽ 人が集まりました。

（集まります→集まりました）

人已經聚集了。

✽ 商品が届きました。

（届きます→届きました）

商品已經寄到。

✽ 花が咲きました。

（咲きます→咲きました）

花已經開了。

ます形

## 自動詞句－非過去肯定疑問句

# 状況（じょうきょう）が変（か）わりますか

狀況會改變嗎

### 説明

在非過去肯定句的話面，加上代表疑問的「か」即是非過去肯定疑問句。在正式文法中，疑問句的句尾是用句號而非問號。

### 例句

✱ 雨（あめ）が降りますか。

　會下雨嗎？

✱ 人（ひと）が集まりますか。

　人會聚集嗎？

✱ 商品（しょうひん）が届きますか。

　商品將會寄到嗎？

✱ 時計（とけい）が動きますか。

　時鐘會運轉嗎？

✱ 花（はな）が咲きますか。

　花將開了嗎？

## 自動詞句－過去肯定疑問句

# 状況が変わりましたか
### じょうきょう が か

状況已經改變了嗎

### 説 明

在「過去肯定句」後面加上表示疑問的「か」，即是過去肯定疑問句；同樣的，在正式文法中，句尾是用句號而非問號。

### 例 句

✽ 雨が降りましたか。
　あめ　　ふ

　已經下雨了嗎？

✽ 人が集まりましたか。
　ひと　あつ

　人已經聚集了嗎？

✽ 商品が届きましたか。
　しょうひん　とど

　商品已經寄到了嗎？

✽ 先生が来ましたか。
　せんせい　き

　老師來了嗎？

✽ 花が咲きましたか。
　はな　さ

　花已經開了嗎？

ます形

MP3 032

## 自動詞句－非過去否定句

# 状況が変わりません

狀況將不改變

**說　明**

自動詞句的非過去否定句，就是要將動詞從肯定改成否定。即是將肯定的「ます」變成「ません」。例如本句中的「変わります」變成了「変わりません」。而前面的名詞、動詞語幹（ます前面的部分）則不變。

**例　句**

✲ 雨が降りません。（降ります→降りません）
不會下雨。

✲ 人が集まりません。（集まります→集まりません）
人（將）不會聚集。

✲ 商品が届きません。（届きます→届きません）
商品不會寄到。

✲ 時計が動きません。（動きます→動きません）
時鐘不運轉。

✲ 花が咲きません。（咲きます→咲きません）
花不開。

## 自動詞句－過去否定句

# 状況が変わりませんでした
狀況沒有改變

### 説明

自動詞句的過去否定句，只要在「非過去否定句」的句尾，加上代表過去式的「でした」即可。

### 例句

❋ 雨が降りませんでした。

（降りません→降りませんでした）

沒有下雨。

❋ 人が集まりませんでした。

（集まりません→集まりませんでした）

人沒聚集。

❋ 商品が届きませんでした。

（届きません→届きませんでした）

商品沒寄到。

❋ 時計が動きませんでした。

（動きません→動きませんでした）

時鐘沒運轉。

❋ 花が咲きませんでした。

（咲きません→咲きませんでした）

花沒開。

ます形

## 自動詞句－非過去否定疑問句（1）

# 状況が変わりませんか
じょうきょう か

狀況將不改變嗎

### 説明

在自動詞句的非過去否定句後面，加上表示疑問的「か」，即是表示非過去否定疑問。

### 例句

✽ 雨が降りませんか。
あめ ふ

　不會下雨嗎？

✽ 人が集まりませんか。
ひと あつ

　人（將）不會聚集嗎？

✽ 商品が届きませんか。
しょうひん とど

　商品不會寄到嗎？

✽ 時計が動きませんか。
とけい うご

　時鐘不運轉嗎？

✽ 花が咲きませんか。
はな さ

　花不開嗎？

## 自動詞句－非過去否定疑問句（2）

1. 休<ruby>やす</ruby>みませんか

   不休息嗎／要休息嗎

2. 休<ruby>やす</ruby>みましょうか

   要不要一起休息

### 説　明

非過去否定疑問句還有一個特別的用法，就是用在詢問對方要不要做某件事，或是邀約對方的時候。就像是中文中，邀請時會問對方「要不要～呢？」，日文也是用「～ませんか」，來表示詢問。另外，也可以將「～ませんか」改成「～ましょうか」更加強邀約以及共同去做某事之意。除此之外，可以把「～ましょうか」的「か」去掉，也同樣是表示邀約。而這裡使用的動詞，則是自動詞、他動詞皆可。

ます形

### 例　句

✽ 公園<ruby>こうえん</ruby>に行<ruby>い</ruby>きませんか。

　不去公園嗎？／要不要一起去公園呢？

　（不確定對方要不要去而詢問）

✽ 公園<ruby>こうえん</ruby>に行<ruby>い</ruby>きましょうか。

　要不要一起去公園呢？

　（覺得對方會想去而提出邀請）

✽公園に行きましょう。

　一起去公園吧！

　（幾乎確定對方會一起去，而提出出發的邀請）

✽泳ぎませんか。

　不游泳嗎？／要不要一起去游泳呢？

　（不確定對方要不要游）

✽泳ぎましょうか。

　要不要一起去游泳呢？

　（覺得對方會想游）

✽泳ぎましょう。

　一起去游泳吧！

　（幾乎確定對方想去游）

035

## 自動詞句－過去否定疑問句

# 状況が変わりませんでしたか

狀況沒有改變嗎

### 説明

在自動詞句的過去否定句後面加上代表疑問的「か」，即完成了過去否定疑問句。

### 例句

✽ 雨が降りませんでしたか。

　沒有下雨嗎？

✽ 人が集まりませんでしたか。

　人沒聚集嗎？

✽ 商品が届きませんでしたか。

　商品沒寄到嗎？

✽ 時計が動きませんでしたか。

　時鐘沒運轉嗎？

✽ 花が咲きませんでしたか。

　花沒開嗎？

ます形

## 自動詞句－移動動詞（1）
## 具有方向和目的地

# 行きます、来ます、帰ります

### 説明

在日文的自動詞中，有一種具有「方向感」的動詞，稱為「移動動詞」。像是來、去、走路、散步、進入、出來…等。

第一種移動動詞，就是表示來或是去，具有「固定的目的地」。這個時候，就要在目的地的後面加上助詞「に」或是「へ」。（關於助詞的用法，在助詞的篇章中也會有詳細的介紹）下面列出幾個常見的移動動詞。

### 例詞

行きます（去）、来ます（來）、帰ります（回去）、通います（定期前往）、戻ります（回到）

### 例句

＊会社へ行きます。

　去公司。

＊会社に行きます。

　去公司。

＊台湾へ来ます。

　來台灣。

✽ 台湾に来ます。
　來台灣。

-----------------------------------  036

✽ うちへ帰ります。
　回家。

✽ うちに帰ります。
　回家。

✽ 塾へ通います。
　固定去補習班。／上補習班。

✽ 塾に通います。
　固定去補習班。／上補習班。

## 自動詞句－移動動詞（2）
## 在某範圍內移動／通過某地點

# 散歩します、歩きます、飛びます

### 説明

第二種的移動動詞，是表示在某個範圍中移動，或是通過某地，助詞要用「を」。

### 例詞

散歩します（散步）、歩きます（走路）、飛びます（飛）、渡ります（横渡）、通ります（通過）

### 例句

✿ 公園を散歩します。

在公園裡散步。

✿ 道を歩きます。

在路上走。／走路。

✿ 道を通ります。

通過道路。

✿ 海を渡ります。

渡海。

✿ 鳥が空を飛びます。

鳥在空中飛翔。

（在本句中，可以看到進行動作的主語「鳥」，後面用的助詞是「が」，然後在移動的範圍「空」後面，則是用助詞「を」）

## 自動詞句—います、あります

1. 教室に先生がいます。
   老師在教室裡／教室裡有老師在

2. 教室に机があります。
   教室裡有桌子

### 説明

「います」、「あります」在日語是很重要的兩個自動詞。在日語中，要表示「狀態」時，通常都會用到這兩個單字，而兩個單字都是「有」的意思。

這裡先就最基本的意思學習，在後面動詞變化的篇章中則會有更進步的用法介紹。

「います」是用來表示生物的存在，而「あります」則是用來表示非生物的存在。在例句中，表示地點會用「に」，存在的主體後面則是用「が」，最後面再加上「います」或「あります」，便完成了句子。

ます形

### 例句

✻ 駐車場に猫がいます。

（地點＋に＋生物＋います）

停車場有貓。

✻ 駐車場に車があります。

（地點＋に＋非生物＋います）

停車場有車。

＊ 庭に兄がいます。

（地點＋に＋生物＋います）

哥哥在院子裡。

＊ 庭に花があります。

（地點＋に＋非生物＋います）

院子裡有花。

------------------------------------------------- 🎧 038

# 總整理－自動詞句

➪ 非過去肯定句

雪が降ります。 （下雪）

➪ 過去肯定句

雪が降りました。 （下過雪了）

➪ 非過去肯定疑問句

雪が降りますか。 （會下雪嗎）

➪ 過去肯定疑問句

雪が降りましたか。 （下過雪嗎）

➪ 非過去否定句

雪が降りません。 （不會下雪）

➪ 過去否定句

雪が降りませんでした。 （沒有下過雪）

⇨ 非過去否定疑問句

雪が降りませんか。（不下雪嗎）

⇨ 非過去否定疑問句－詢問／邀請

行きませんか（不去嗎）

行きましょうか（要不要一起去呢）

行きましょう（一起去吧）

⇨ 過去否定疑問句

雪が降りませんでしたか。（下過雪了嗎）

⇨ 移動動詞（1）

日本へ行きます。（去日本）

日本に行きます。（去日本）

⇨ 移動動詞（2）

空を飛びます。（在空中飛）

ます形

⇨ あります、います

部屋に犬がいます。（房間裡有狗）

部屋にベッドがあります。（房間裡有床）

# 他動詞

# 他動詞

### 說明

他動詞指的是「可以驅使其他事物產生作用的動詞」。也可以說是因為要達成某一個目的而進行的動作。由此可知,在使用他動詞的時候,除了執行動作的主語之外,還會有一個產生動作的受詞,而使用的助詞也和自動詞不同。

以下,就先學習幾個常見的他動詞。同樣的,也是先以「ます形」的方式來呈現這些動詞。而他動詞在做肯定、否定、過去等形態的變化時,和自動詞相同,主要都是語幹不變(語幹即是動詞中ます的部分,如食べます的語幹即是食べ),而只變後面「ます」的部分。

| | |
|---|---|
| 食べます | 吃 |
| 読みます | 閱讀 |
| 聞きます | 聽 |
| 落とします | 弄掉 |
| 見ます | 看 |
| 書きます | 寫 |
| 買います | 買 |
| します | 做 |
| 消します | 關掉 |

他動詞

■ **不小心就學會日語**

🎙 039

## 他動詞句－非過去肯定句

かれ　ほん　よ
彼は本を読みます

他讀書

### 説明

他動詞的基本句型和自動詞詞句相同，可依
肯定、否定、疑問等，分成八種。非過去肯
定的句型，是「Aは（が）BをVます」，
其中A是動作執行者，即句中的「彼」；B
是受詞，就是句中的「本」；而V則是他動
詞語幹，即是句中的「読み」。句末則是用
敬體的「ます形」。（為方便學習，初學階
段建議背誦單字時以ます形的形式背誦）
在句中，主詞的後面，除了可以用「は」也
可以用「が」，端看該句子要說明的重點在
何處而使用。詳細的分辨法，會在助詞篇中
介紹。

### 例句

✳ 妹は肉を食べます。

妹妹吃肉。

✳ 学生は宿題をします。

學生寫功課。

✳ 私は音楽を聞きます。

我聽音樂。

✻ 彼女は映画を見ます。

  她看電影。

✻ 父ははがきを書きます。

  父親寫明信片。

✻ あの人は服を買います。

  那個人買衣服。

他動詞句－過去肯定句

# 彼は本を読みました

他讀完書了／他讀了書

### 説明

將非過去肯定句的「ます」改成「ました」就可以把句子變成過去肯定句，其他部分則不變動。

### 例句

✻ 妹は肉を食べました。（食べます→食べました）

  妹妹吃過肉了。

✻ 学生は宿題をしました。（します→しました）

  學生寫完功課了。

✻ 昨日私は音楽を聞きました。

  （聞きます→聞きました）

  我昨天聽了音樂。

他動詞

✾ 彼女は映画を見ました。（見ます→見ました）

她看了電影。

✾ 父ははがきを書きました。

（書きます→書きました）

父親寫了明信片。

✾ あの人は服を買いました。

（買います→買いました）

那個人買了衣服。

---

 041

## 他動詞句－非過去肯定疑問句

# 彼は本を読みますか

他讀書嗎

### 説 明

在非過去肯定的後面，加上表示疑問的
「か」，就是非過去肯定疑問詞。

### 例 句

✾ 妹は野菜を食べますか。

妹妹吃菜嗎？

✾ 学生はサッカーをしますか。

學生踢足球嗎？

✾ 彼は音楽を聞きますか。

他聽音樂嗎？

✼ 彼女はニュースを見ますか。

　她看新聞嗎？

✼ 子供は料理を作りますか。

　小孩烹飪嗎？

✼ あの人は高いものを買いますか。

　那個人要買貴的東西嗎？

## 他動詞句－過去肯定疑問句

# 彼は本を読みましたか

他讀完書了嗎／他讀過書了嗎

### 説明

在過去肯定句的句尾，加上表示疑問的「か」
即完成了過去肯定疑問句。

### 例句

✼ 妹は野菜を食べましたか。

　妹妹吃菜了嗎？

✼ 学生はサッカーをしましたか。

　學生踢過足球了嗎？

✼ 彼は音楽を聞きましたか。

　他聽過音樂了嗎？

✼ 彼女はニュースを見ましたか。

　她看過新聞了嗎？

他動詞

✲ 子供は料理を作りましたか。

小孩煮了菜嗎？

✲ あの人は高いものを買いましたか。

那個人買了貴的東西嗎？

 042

## 他動詞句－非過去否定句

### 彼は本を読みません

他不讀書

#### 説明

他動詞句的非過去否定句，變化的方式和自動詞句相同。在這裡只要將句尾的「ます」改成「ません」即可，其他的部分則不需變動。

#### 例句

✲ 妹は肉を食べません。（食べます→食べません）

妹妹不吃肉。

✲ 学生は宿題をしません。（します→しません）

學生不寫功課。

✲ 私は音楽を聞きません。

（聞きます→聞きません）

我不聽音樂。

✲ 彼女は映画を見ません。（見ます→見ません）

她不看電影。

✽ 父ははがきを書きません。
　（書きます→書きません）

父親不寫明信片。

✽ あの人は服を買いません。
　（買います→買いません）

那個人不買衣服。

 042

## 他動詞句－過去否定句

### 彼は本を読みませんでした

他沒有讀書

### 説　明

他動詞句的過去否定句，變化的方式和自動詞句相同。在這裡只要在非過去否定的句尾加上「でした」即可，其他的部分則不需變動。

### 例　句

✽ 妹は肉を食べませんでした。

妹妹沒吃肉。

✽ 学生は宿題をしませんでした。

學生沒寫功課。

✽ 私は音楽を聞きませんでした。

我沒聽音樂。

他動詞

＊彼女は映画を見ませんでした。
她沒看電影。

＊父ははがきを書きませんでした。
父親沒寫明信片。

＊あの人は服を買いませんでした。
那個人沒買衣服。

043

## 他動詞句－非過去否定疑問句（1）

彼は本を読みませんか
他不讀書嗎

**說　明**

在非過去否定的句子後面，加上表示疑問的「か」，即成了非過去否定疑問句。同樣的，在正式文法中，疑問句的句尾是用句號而非問號。

**例　句**

＊妹は肉を食べませんか。
妹妹不吃肉嗎？

＊学生は宿題をしませんか。
學生不寫功課嗎？

＊あなたは音楽を聞きませんか。
你不聽音樂嗎？

✽ 彼女は映画を見ませんか。

她不看電影嗎？

✽ 田中さんははがきを書きませんか。

田中先生不寫明信片嗎？

✽ あの人は服を買いませんか。

那個人不買衣服嗎？

MP3 043

## 他動詞句－非過去否定疑問句（2）

1. 映画を見ませんか

   要看電影嗎／不看電影嗎

2. 映画を見ましょうか

   要不要一起看電影

### 説 明

和自動詞相同，非過去否定疑問句還有一個特別的用法，就是用在詢問對方要不要做某件事，或是邀約對方的時候。就像是中文中，邀請時會問對方「要不要～呢？」，日文也是用「～ませんか」，來表示詢問。另外，也可以將「～ませんか」改成「～ましょうか」更加強邀約以及共同去做某事之意。除此之外，可以把「～ましょうか」的「か」去掉，也同樣是表示邀約對方共同從事某事。而這裡使用的動詞，則是自動詞、他動詞皆可。

他動詞

## 例 句

✽ 田中さんはコーヒーを飲みませんか。

田中先生你不喝咖啡嗎？

（禮貌詢問對方是否不想喝咖啡）

✽ 田中さん、一緒にコーヒーを飲みませんか。

田中先生，要不要一起去喝咖啡？

（不知對方想不想去而邀請對方一起前往）

---------------------------------------------------- 🎵 044

✽ 田中さん、一緒にコーヒーを飲みましょうか。

田中先生，要不要一起去喝咖啡？

（覺得對方會想去而發出邀請）

✽ 田中さん、一緒にコーヒーを飲みましょう。

田中先生，要不要一起去喝咖啡？

（覺得對方會一起去，而提出去喝咖啡的邀請）

他動詞句－過去否定疑問句

# 彼は本を読みませんでしたか

他沒有讀書嗎

## 説 明

在過去否定句的後面，加上表示疑問的「か」即是過去否定疑問句。

## 例 句

✲ 妹は肉を食べませんでしたか。

妹妹沒吃肉嗎？

✲ 学生は宿題をしませんでしたか。

學生沒寫功課嗎？

✲ あなたは音楽を聞きませんでしたか。

你沒聽音樂嗎？

✲ 彼女は映画を見ませんでしたか。

她沒看電影嗎？

✲ 田中さんははがきを書きませんでしたか。

田中先生沒寫明信片嗎？

✲ あの人は服を買いませんでしたか。

那個人沒買衣服嗎？

他動詞

## 他動詞句＋行きます、来ます

1. 映画を見に行きます
   去看電影

2. ご飯を食べに来ます。
   來吃飯

### 説 明

在中文裡，會說「去看電影」、「來吃飯」、「去打球」…等包含了「去」、「來」的句子。在日文中，也有類似的用法。但由於「去」「來」本身就是動詞，而「看」「吃」「打」等詞也是動詞，為了不讓一個句子裡同時有兩個動詞存在，於是我們把表示目的之動詞去掉「ます」，再加上「に」以表示「去做什麼」或「來做什麼」。（助詞「に」即帶有表示目的的作用）變化的方法如下：

映画を見ます＋行きます

↓

映画を見（ます）＋に＋行きます

↓

映画を見に行きます

## 例 句

✱ ご飯を食べに行きます。（食べます→食べ+に）
去吃飯。

✱ サッカーをしに出かけます。（します→し+に）
外出去踢足球。

✱ 日本へ遊びに来ました。（遊びます→遊び+に）
來日本玩。

✱ 留学に来ました。
（除了他動詞之外，另有相同的用法：名詞+に）
來留學。

他
動
詞

## 自動詞句與他動詞句

1. デパートが休みます

百貨公司休息／百貨公司沒開

2. 学校を休みます

向學校請假

### 説 明

在上面的兩句例句中，用到的都是「休みます」這個動詞，但是意思卻不盡相同。第1句是百貨公司休息，那第2句為什麼不是學校休息呢？仔細觀察，即可發現是因為「助詞」不同的關係。第1句是自動詞的句型，使用的助詞是「が」，而第二句是他動詞句型，使用的助詞是「を」。也就是說，「休みます」這個動詞，同時是他動詞，又是自動詞。這樣的例子在日文中十分常見，以下舉出較普遍使用的動詞為例。

### 例 句

✽ あの人が笑います。

那個人在笑。

✽ あの人を笑います。

嘲笑那個人。

✽ 北風が吹きます。

北風吹拂。

✽ 笛を吹きます。
　吹笛子。

✽ 臭いがします。
　有臭味。

✽ 何をしますか。
　要做什麼？

🎵 047

# 總整理－他動詞句

▷ 非過去肯定句
　彼は水を飲みます。（他喝水）

▷ 過去肯定句
　彼は水を飲みました。（他喝了水）

▷ 非過去肯定疑問句
　彼は水を飲みますか。（他要喝水嗎）

▷ 過去肯定疑問句
　彼は水を飲みましたか。（他喝水了嗎）

▷ 非過去否定句
　彼は水を飲みません。（他不喝水）

▷ 過去否定句
　彼は水を飲みませんでした。（他沒有喝水）

他動詞

⟡ 非過去否定疑問句

彼は水を飲みませんか。 （他不喝水嗎）

水を飲みませんか。 （不喝水嗎）

水を飲みましょうか。 （一起喝水吧）

⟡ 過去否定疑問句

彼は水を飲みませんでしたか。 （他沒有喝水嗎）

⟡ 他動詞句＋行きます、来ます

水を飲みに行きます。 （去喝水）

水を飲みに来ます。 （來喝水）

⟡ 自動詞句與他動詞句

風が吹きます。 （風吹拂）

口笛を吹きます。 （吹口哨）

# 疑問詞

## いつ

何時

### 説明

日文中的疑問詞和中文不同的時，在中文裡只要用「什麼」「何」等詞即可表示疑問，但是在日文中，則隨著詢問的目標、場合不同，而有各種不同的疑問詞。本篇中即介紹各種日文中常用的疑問詞。

「いつ」是在詢問日期時用的疑問詞，即等同於中文的「何時」、「什麼時候」。在使用「いつ」時，前後不需要加特別的助詞，依照句意直接使用即可。

### 例句

✽ いつ卒業ですか。

什麼時候畢業呢？

✽ いつ出かけますか。

何時出門呢？

✽ 店はいつ始まりますか。

店何時開始營業呢？

✽ いつまでですか。（まで：為止）

到什麼時候呢？

✽ いつ知り合いましたか。

什麼時候認識的呢？

疑問詞

109

# 何時
なんじ

幾點

## 説明

前面提到的「いつ」，是詢問日期或是大概的時間時所使用的疑問句。若是要詢問精確幾點幾分的時間，就要時用「何時」。「何時」這個疑問詞可以當作是名詞來看，因此接續的方式也和名詞相同。

## 例句

✽ 今、何時ですか。

現在是幾點呢？

✽ 授業は何時に始まりましたか。

上課是幾點開始呢？

✽ 何時に待ち合わせますか。

要在幾點時碰頭呢？

✽ 試験は何時からですか。（から：開始）

考試是幾點開始呢？

✽ 仕事は何時に終わりますか。

工作是幾點結束呢？

✽ 何時の飛行機にしましょうか。

我們要坐幾點的飛機呢？

# 何
<ruby>何<rt>なに</rt></ruby>

什麼

## 説 明

「何」就像是中文中的「什麼」，是用在詢問事、物的時候所使用的疑問詞。而依照疑問句中的動詞，需要在「何」後面加上「を」或是「が」等助詞。

## 例 句

✽ <ruby>何<rt>なに</rt></ruby>をしに<ruby>行<rt>い</rt></ruby>きますか。

　 要去做什麼？

✽ <ruby>食<rt>た</rt></ruby>べ<ruby>物<rt>もの</rt></ruby>は、<ruby>何<rt>なに</rt></ruby>が<ruby>好<rt>す</rt></ruby>きですか。

　 食物之中，喜歡吃什麼？

✽ <ruby>昨日<rt>きのう</rt></ruby>、<ruby>何<rt>なに</rt></ruby>を<ruby>食<rt>た</rt></ruby>べましたか。

　 昨天吃了什麼？

✽ <ruby>何<rt>なに</rt></ruby>を<ruby>読<rt>よ</rt></ruby>みますか。

　 要讀什麼？

✽ これは<ruby>何<rt>なに</rt></ruby>。

　 這是什麼？

✽ <ruby>何<rt>なに</rt></ruby>を<ruby>買<rt>か</rt></ruby>いましたか。

　 買了什麼？

疑問詞

# 何人／何枚／何階／何番／何回

なんにん／なんまい／なんかい／なんばん／なんかい

幾個人／幾張（片）／幾樓／幾號／幾次

### 説明

「何」是代表多少的意思，後面加上了「人」，即是詢問「幾個人」的意思。相同的套用方式，還可以用在「何人」「何枚」「何階」「何番」「何回」等單位上。

### 例句

✻ 昨日、何人来ましたか。

　昨天有幾個人來？

✻ 写真を何枚撮りましたか。

　拍了幾張照片？

✻ シャツを何枚買いましたか。

　買了幾件襯衫？

✻ 何階に住みますか。

　住在幾樓呢？

✻ 何番ですか。

　是幾號呢？

✻ 何回ですか。

　幾次呢？

## どこ

哪裡

### 説 明

「どこ」可以用在詢問地點。依照使用的動詞和句意的不同，後面所接續的助詞也有不同。一般來說，若是詢問目的地時，是用助詞「へ」或「に」；而詢問進行動作的地點，則是用助詞「で」；另外，詢問從何處出發是用「から」到何處為止是用「まで」。（詳細助詞用法會在助詞篇中做說明）

### 例 句

✽ どこへ行きますか。

要去哪裡呢？

✽ 昨日はどこに行きましたか。

昨天去哪裡了？

✽ この本、どこで買いましたか。

這本書是在哪裡買的？

✽ どこから来ましたか。

（你）是從哪裡來的？

✽ どこからどこまで走りますか。

要從哪裡跑到哪裡？

✽ ここはどこですか。

這裡是哪裡呢？

疑問詞

## だれ／どなた

誰

### 説明

要詢問人的身分時，就用這句話來詢問。在前面學的人稱代名詞中，也有看到這個字，是屬於不定稱代名詞，使用的方式也和名詞相同。在一般的情況時，是使用「だれ」，而在較為正式、需要注意禮貌的場合時，則使用「どなた」。

### 例句

✱ あの人は誰ですか。

那個人是誰？

✱ 教室には誰がいましたか。

教室裡有誰在嗎？

✱ これは誰の携帯ですか。

這是誰的手機？

✱ 誰と行きましたか。

和誰一起去的？

✱ あの方はどなたですか。

請問那個人是哪位呢？

✱ どなた様ですか。

請問是哪位？

## どうして

為什麼

### 説明

即使是不曾學過日文的人，對這句話應該也是耳熟能詳，在對話中也十分常見。但在使用的時候，還是要注意到，要說「どうしてですか」才是比較禮貌的說法，如果是對朋友或是輩分較低的人，才可以只說「どうして」。

### 例句

✽ どうしてですか。

為什麼呢？

✽ どうして台湾に来ましたか。

為什麼來台灣呢？

✽ どうして泣くのですか。

為什麼哭呢？

✽ どうして来ませんでしたか。

為什麼沒有來呢？

✽ どうして行きませんか。

為什麼不去呢？

✽ どうして言いませんか。

為什麼不說呢？

## どう／いかが

怎樣／如何

### 説明

要詢問對方的感覺或狀況如何，或是詢問如何做到某件事時，就可以使用「どう」這個字，這個字可以把它當成副詞的方式來使用。而在較為正式的場合，則是使用「いかが」較為禮貌。

### 例句

✱ どうしますか。

　該怎麼辦呢？

✱ あの人をどう思いますか。

　你覺得那個人怎麼樣？

✱ 鉛筆はどう持ちますか。

　鉛筆該怎麼拿？

✱ 一杯どうですか。

　去喝一杯如何？

✱ ご気分はいかがですか。

　您覺得怎麼樣呢？／您意下如何呢？

✱ ご意見はいかがですか。

　您有什麼意見呢？

## どんな

什麼樣的

### 説 明

詢問對方的感覺如何是「どう」，而要進一步詢問「是怎麼樣的…」時，就要加上要詢問的名詞，比如說：「什麼樣的酒」「什麼樣的車」「什麼樣的人」「什麼樣的感覺」…等，這時候，就要用「どんな」再加上名詞，即可表達出「是什麼樣的…」的意思。

### 例 句

✱ どんな感じですか。

是什麼樣的感覺呢？

✱ 彼はどんな人ですか。

他是什麼樣的人呢？

✱ どんな部屋が好きですか。

喜歡什麼樣的房間呢？

✱ どんな仕事が好きですか。

喜歡什麼樣的工作呢？

✱ どんな薬が効きますか。

什麼樣的藥有效呢？

✱ どんな印象を持りましたか。

有什麼樣的印象呢？

疑問詞

## どっち

哪一個（在兩者之中選擇一個）

### 説明

在面臨選擇的時候，如果有兩個選項，要從其中選出一個時，就要用「どっち」。若是選項是三個以上時，就要用「どれ」或「どの」。

### 例句

✱ どっちが好きですか。

（兩者之中）喜歡哪一個呢？

✱ どっちにしましょうか。

（兩者之中）我該選哪一個呢？

✱ どっちも嫌いです。

（兩者之中）不管是哪一個我都不喜歡。

✱ いちごとバナナと、どっちが好きですか。

草莓和香蕉，你喜歡哪一種？

✱ 日本語の文法と中国語の文法と、どっちが難しいですか。

日文文法和中文文法，哪個比較難？

## どれ

哪一個（在三個以上的選項中選擇一個）

### 説明

當面臨的選項有三個以上，要詢問從中選擇
哪一個時，就用「どれ」來表示。

### 例句

✿ どれが好きですか。

（這其中）你喜歡哪一個？

✿ この中でどれが気に入りますか。

這些裡你喜歡哪一個？

✿ あなたの傘はどれですか。

你的雨傘是哪一把呢？

✿ どれがイタリア製ですか。

不管哪一個都是義大利製的呢？

✿ 好きな時計はどれですか。

（這其中）你喜歡的時鐘是哪一個呢？

✿ どれもいりません。

不管哪一個都不需要。

## どの

哪個（在三個以上的選擇中選一個）

### 説明

前面學過在三個選項中間選一個時，要問「哪一個」時是用「どれ」。但是，如果要在疑問詞後面加上特定的名詞，比如說「哪一個杯子」「哪一把傘」「哪一部車」的時候，就要用「どの」來接續名詞。比如說「どのコップ」「どの傘」「どの車」。

### 例句

✽ どの服が好きですか。

（這其中）喜歡哪件衣服呢？

✽ 田中さんはどの人ですか。

田中先生是哪個人呢？

✽ どの車に乗りますか。

要坐哪部車呢？

✽ どの人に言いますか。

要跟哪個人說呢？

✽ どの花がほしいですか。

想要哪一種花呢？

✽ どの人に頼みますか。

要拜託哪個人呢？

## どれくらい

差不多要多遠／多少錢／多久…等

### 説明

在對話中，要詢問所需要花費的時間、金錢等問題時，通常是問一個大概的數字，如：「差不多需要多少錢」「差不多要多久」…等。這時候，就可以用「どれくらい」來詢問。使用的時候，不需要再加上時間、金錢、距離的名詞，而是用「どれくらい」一個字就能代表要詢問的單位。

### 例句

✱ 台北から高雄までどれくらいかかりますか。

從台北到高雄大約需要多少時間（金錢）？

✱ サラリーマンの給料はどれくらいですか。

上班族的薪水大約是多少呢？

✱ 家から学校までどれくらいかかります。

從家裡到學校差不多要多久呢？

✱ 新幹線の切符はどれくらいかかりますか。

新幹線的車票大約需要多少錢呢？

✱ 年収はどれくらいですか。

年收入大約是多少呢？

✱ 人間の平均寿命はどれくらいですか。

人類的平均壽命差不多是多長呢？

疑問詞

## いくら

多少錢

### 説明

詢問價錢時，可以使用「いくら」。這個字可以當成名詞的用法來使用，後面不需要再加上金錢的單位。

### 例句

✱ ガス代はいくらですか。

瓦斯費是多少錢呢？

✱ この花はいくらですか。

這朵花多少錢呢？

✱ この靴はいくらですか。

這雙鞋多少錢呢？

✱ これはいくらですか。

這個多少錢呢？

✱ 一キロいくらで売りますか。

一公斤賣多少錢呢？

✱ 費用はいくら必要ですか。

費用需要多少錢才足夠呢？

## いくつ

幾個／幾歲

### 説明

詢問物品有幾個，或是問別人幾歲的時候，可以使用「いくつ」。但用在詢問幾歲時，通常會用較為禮貌的「おいくつ」，這是為了表示尊重，而且在和日本人對話時，直接詢問不熟的人年紀也是不禮貌的行為。

### 例句

✱ 娘さんはおいくつですか。

您的女兒今年幾歲呢？

✱ いくつありますか。

有幾個呢？

✱ 部屋はいくつありますか。

房間有幾間呢？

✱ いくつですか。

有幾個呢？

✱ 今年おいくつですか。

今年貴庚？

✱ いくついりますか。

需要幾個呢？

# 助詞

# 助詞

在日文中，助詞是扮演著主宰前後文關係及主客關係的重要角色，就像是詞和詞之間的橋梁一樣，接起了文字間的關係。而相同的文字，隨著助詞的不同，也會產生完全不同的意思。在本篇中，列出了各種常用的助詞，可以對照例句，或是前面各篇章中曾出現的句子，強化助詞的觀念。

# は

説　明

「は」在助詞中是很重要的存在，它指出了句子中最重要的主角所在的位置，通常找到了「は」，就等於是找到了主語。我們可以把「は」簡單分成下列幾種用法：

1・用於說明或是判斷
2・說明主題的狀態
3・兩者比較說明時
4・談論前面提過的主題時
5・限定的主題時
6・選出一項主題加以強調

除了這幾項基本的用法外，「は」還有其他不同的用法，這裡先舉出最基本的用法。

は的用法(1)

# 用於說明或是判斷

### 說明

在學習名詞句、形容詞句時，可以常常看到「は」這個助詞出現。在這些句子中出現的「は」，就是用於說明或是判斷的句子時的「は」。而這其中又可以細分為表示名字、說明定義、生活中的真理、一般的習慣、發話者的判斷、…等各種不同的用法。接下來，就利用下面的句子中為實際例子做學習。

### 例句

✽ 私は田中京子です。

我叫田中京子。（表示名字）

✽ これは椅子です。

這是椅子。（表示定義）

✽ 冬は寒いです。

冬天是寒冷的。（表示一般性的定理）

✽ 一分は六十秒です。

一分鐘是六十秒。（表示一般性的定理）

✽ 先生は毎日運動します。

老師每天都做運動。（表示習慣）

✽ ゲームは楽しいです。

玩遊戲很開心。（表示發話者的判斷）

## は的用法(2)

# 說明主題的狀態

### 説明

在學習形容詞句的時候，我們曾經學習過「う
さぎは耳が長いです」這樣的句子。句子中
的「は」就是用來說明主題「うさぎ」的狀
態，而句中的狀態就是「耳が長い」。也就
是說，在這樣的句子裡，「は」後面的句子，
皆是用來說明主題的狀態。

### 例句

✻ 田中さんは髪が長いです。

　田中小姐的頭髮很長。

　（主題：田中さん／狀態：髪が長い）

✻ 弟は頭がいいです。

　弟弟的腦筋很好。

　（主題：弟／狀態：頭がいい）

✻ 東京は物価が高いです。

　東京的物價很高。

　（主題：東京／狀態：物価が高い）

✻ 日本は景色がきれいです。

　日本的風景很美。

　（主題：日本／狀態：景色がきれい）

✻ この会社は人が多いです。

　這間公司的人很多。

　（主題：この会社／狀態：人が多い）

助詞

🎵 057

## は的用法(3)

# 兩者比較說明時

### 説明

列舉兩個主題，將兩個主題同時做比較的時候，要比較說明兩個主題分別有什麼樣的特點之時，即是使用「は」。這樣的句子通常是前後兩個句子的句型很相似，句意也會相關或是相反。

### 例句

✱ いちごは好きですが、バナナは嫌いです。

喜歡草莓，討厭香蕉。

✱ 鶏肉は食べますが、牛肉は食べません。

吃雞肉，不吃牛肉。

✱ 両親は日本にいますが、私は台湾にいます。

父母在日本，我在台灣。

✱ 兄は医者ですが、弟はスポーツ選手です。

哥哥是醫生，弟弟是體育選手。

✱ 姉はおとなしいですが、妹は活発です。

姊姊很文靜，妹妹很活潑。

## は的用法(4)

# 談論前面提過的主題時

### 説明

在談話的時候，一個主題的話題，通常不會只有一句話就結束，當第二句話的主題，還是以前一句話的主題為中心時，第二句話提到的主詞，後面助詞就要使用「は」，以表示所說的是特定的對象。比如說前一個句子提到了一隻狗，那個下個句子提到那隻狗時，後面的助詞就要用「は」

### 例句

✻ うちに猫がいます。その猫は白いです。

我家有隻貓。那隻貓是白色的。

✻ あそこにレストランがあります。そのレストランはまずいです。

那裡有間餐廳。那間餐廳的菜很難吃。

✻ 昨日、クラスメートに会いました。あのクラスメートは来年日本に行きます。

昨天我遇到同學。那位同學明年要去日本。

✻ 昨日、同僚に会いました。その同僚は会社を辞めます。

昨天我遇到同事。那位同事要辭職了。

助詞

MP3 058

## は的用法(5)

# 限定的主題時

### 説明

要在眾多事物中指出其中一個再加以說明時，要先指出該項事物的特點（限定條件），以讓聽話的對方知道指定的主題是誰，然後找到主題後，發話者，再針對主題作出說明。像這樣的情形，在面臨限定的主題時，後面就要用助詞表示「限定」。

### 例句

＊あの高い人はだれですか。

那個高的人是誰？

（限定條件：あの高い／主題：人）

＊あのきれいな携帯はだれのですか。

那個漂亮的手機是誰的？

（限定條件：あのきれいな／主題：携帯）

＊その汚いバッグは私のです。

那個很髒的包包是我的。

（限定條件：その汚い／主題：バッグ）

＊その白い犬は怖いです。

那隻白色的狗很可怕。

（限定條件：その白い／主題：犬）

＊新型の掃除機は便利です。

新型的吸塵器很方便。

（限定條件：新型／主題：掃除機）

## は的用法(6)

# 選出一項主題加以強調

### 説明

在眾多的物品中，舉出其中一個加以強調時，被舉出的主題後面，就要用「は」。

### 例句

＊お腹が一杯です。でもケーキは食べたいです。
（お腹が一杯です：吃得很飽。／でも：但是）
已經吃飽了。但是還想吃蛋糕。（吃飽了理應吃不下其他東西，但在眾多食物中舉出蛋糕這項主題，強調有蛋糕的話，就會想吃）

＊肉が嫌いですが、魚は食べます。。
不喜歡吃肉，但是吃魚。（雖然討厭肉類，但是從肉類中舉出魚為主題，強調會吃魚肉）

＊いつも遅いですが、今日は早く帰ります。
一直都很晚回家，今天提早回家。（舉出今天為主題，強調今天特別早回家）

＊たくさんの料理を食べました。味噌汁はおいしかったです。
吃了很多道菜。其中味噌湯很好喝。（從眾多菜肴中舉出味噌湯為主題，強調只有它很美味）

＊旅行は嫌いですが、日本は行きたいです。
不喜歡旅行，但想去日本。（從眾多國家中舉出日本，強調只想去日本）

助詞

# が

### 説 明

「が」在句子中，多半是和「は」一樣放在主語的後面，但使用「が」時的句意略有不同。另外，當「が」放在句尾的時候，又有截然不同的意思。在此，將「が」大致分為以下幾種用法：

1・在自動詞句的主語後面
2・表示某主題的狀態
3・表示對話中首次出現的主題
4・表示能力
5・表示內心感受
6・表示感覺
7・表示所屬關係
8・逆接
9・開場
10・兩個主題並列

## が的用法(1)

# 在自動詞句的主語後面

### 説明

在自動詞句篇中學到的自動詞句,都是在主語後面使用「が」。(若遇到特殊的情形,也會有使用「は」的句子,但在此以一般的情況為主,以方便記憶)

### 例句

✽ 商店街に人が大勢います。

商店街有大批的人潮。(表示存在)

✽ 雪が降ります。

下雪。(表示自然現象)

✽ 電車が来ます。

電車來了。(表示事物的現象)

✽ デパートでみんなが買い物します。

大家在百貨買東西。(表示人的行為)

✽ 花が咲きます。

花開。(表示自然現象)

✽ 商品が届きます。

商品寄到。(表示事物的現象)

助詞

## が的用法(2)

# 表示某主題的狀態

### 説明

在學習形容詞句的時候，我們曾經學習過「う
さぎは耳が長いです」這樣的句子。在句子
中「うさぎ」是敘述的主題，而「耳が長い」
則是表示其狀態，因為句子中同時有兩個主
語，所以後面表示敘述的主語就會使用
「が」。

### 例句

✻ キリンは首が長いです。

　長頸鹿的脖子很長。

✻ 象は鼻が長いです。

　大象的鼻子很長。

✻ 佐藤さんは足が長いです。

　佐藤先生（小姐）的腿很長。

✻ 長谷川先生は髪が短いです。

　長谷川老師的頭髮很短。

✻ あの人は頭がいいです。

　那個人的頭腦很好。

✻ 日本は山が多いです。

　日本的山很多。

## が的用法(3)

# 表示對話中首次出現的主題

### 説明

前面學習「は」的時候，說過在對話中的主題出現第二次時，就要使用「は」。那麼在第一次出現時，則是要使用「が」來提示對方這個主題的存在，說明這是話題中第一次出現這個主題。

### 例句

✽ そこに白い椅子があります。それはいくらですか。

　那裡有張白色的衣子。那張椅子多少錢呢？

✽ あそこにきれいな女の人がいます。あの人は私の母です。

　那裡有一位美麗的女人。那個人就是我母親。

✽ 庭にかわいい犬がいます。その犬はほえません。

　院子裡一隻可愛的狗。那隻狗不會叫。

✽ そこに高い木があります。それは松です。

　那裡有一棵高的樹。那是松樹。

助詞

## が的用法(4)

# 表示能力

### 説明

在句子中，要表示自己有能力可以做到什麼
事情，在敘述這件事情時就要用「が」。例
如：會彈琴、會打球、擅長、不擅長、理解
…等。

### 例句

❋ 私は野球ができます。（できます：辦得到）

我會打棒球。

❋ 彼女は日本語が話せます。

她會說日文。

❋ 兄は車が運転できます。

哥哥會開車。

❋ あの人は英語が上手です。（上手：擅長）

那個人英文說得很好。

❋ 妹は数学が苦手です。（苦手：不擅長）

妹妹不擅長數學。

❋ 先生はドイツ語がわかります。

老師會說德語。

## が的用法(5)

# 表示内心感受

### 説 明

在句子中表示自己的喜好、不安、願望、要求、希望、關心…等心中的感受時，在表示關心的事物後面，是用「が」來表示。值得注意的是，在句中用到的動詞，前面主要都是和「が」連用。另外，表示心中感受的句子，都是以「我」為主角。若主詞是「你」時，通常是疑問句，而主詞是「第三人稱」時，則有特殊變化的句型，不屬於此分類。

### 例 句

✽ 私は釣りが好きです。（好き：喜歡）

　我喜歡釣魚。

✽ あなたは魚が嫌いですか。（嫌い：討厭）

　你不喜歡魚嗎？

✽ 私は娘が心配です。（心配：擔心）

　我擔心女兒。

✽ 私は日本語に興味があります。（興味：感興趣）

　我對日語有興趣。

✽ 私はあの赤い服がほしいです。（ほしい：想要）

　我想要那件紅色的衣服。

助詞

137

## が的用法(6)

# 表示感覺

### 説明

在句子中要表現視覺、聽覺、味覺、觸覺、嗅覺、預感等感覺時，要在感覺到的事物後面加上助詞「が」。

### 例句

✽ ここから学校が見えます。

從這裡可以看見學校。（視覺）

✽ チャイムが聞こえます。

可以聽到鐘聲。（聽覺）

✽ 変なにおいがする。

有怪味道。（嗅覺）

✽ 甘い味がする。

（吃起來）有甜甜的味道。（味覺）

✽ 大きい音がする。

發出很大的聲音。（聽覺）

✽ 何かありそうな気がする。

覺得好像有什麼事。（預感）

## が的用法(7)

# 表示所屬關係

### 説明

表示「擁有」某樣東西時，通常是用「あります」「います」這些動詞。而在擁有的東西後面，要加上助詞「が」來表示是所屬的關係。

### 例句

✲ 私は野球のたまが三つあります。

我有三顆棒球。

✲ うちは部屋が五つあります。

我家有五個房間。

✲ 私は車が一台あります。

我有一台車。

✲ 彼は友達がたくさんいます。

他有很多朋友。

✲ 彼女は家族が三人います。

她有三位家人。

✲ 私は友達がたくさんいます。

我有很多朋友。

## が的用法(8)

## 逆接

### 説明

「が」除了可以放在名詞後面之外，也可以放在句子的最後面，表示其他不同的意思。當前後文的意思相反時，在前句的最後面，加上助詞「が」，即是表示下一句話和這一句話的意思完全相反。

### 例句

✳ あの店は高いですが、まずいです。

那間店很貴，但很難吃。

✳ 商店街は昼はにぎやかですが、夜は静かです。

商店街白天很熱鬧，但晚上很安靜。

✳ 成績はいいですが、性格は悪いです。

成績很好，但是個性很惡劣。

✳ きれいですが、冷たいです。

長得很漂亮，但是很冷淡。

## が的用法(9)

### 開場

#### 説明

在日文中,要開口和人交談時,若是對陌生人或是較禮貌的場合時,一開始都會先用「すみませんが」來引起對方的注意。就像是中文裡,想要引起對方注意時,會說「不好意思」「請問…」一樣。因此,在會話開場時,會在「すみません」等詞的後面再加上助詞「が」。

#### 例句

✽ あのう、すみませんが、図書館はどこですか。
不好意思,請問圖書館在哪裡呢?

✽ あのう、すみませんが、トイレはどこですか。
不好意思,請問廁所在哪裡?

✽ つまらないものですが、どうぞ召し上がってください。
一點小意思,請品嚐。
(這句為常用的句子, 可當成慣用句來背誦)

✽ これ、つまらないものですが。
這是一點小心意,不成敬意。
(這句為常用的句子, 可當成慣用句來背誦)

助詞

MP3 064

## が的用法(10)

# 兩個主題並列

### 説明

敍述主題時，要同時舉出兩個特色並列說明時，在前一句的後面加上「が」，表示並列的意思。

### 例句

✲ いちごは好きですが、バナナは嫌いです。

喜歡草莓，討厭香蕉。

✲ 鶏肉は食べますが、牛肉は食べません。

吃雞肉，不吃牛肉。

✲ 両親は日本にいますが、私は台湾にいます。

父母在日本，我在台灣。

✲ 兄は医者ですが、弟はスポーツ選手です。

哥哥是醫生，弟弟是體育選手。

✲ 姉はおとなしいですが、妹は活発です。

姊姊很文靜，妹妹很活潑。

# も

「も」是表示「也」的意思，舉出的主題有相同的特性的時候，就可以使用「も」。另外，「も」也可以用來表示對數量、程度的強調，表示主題「竟也」到達到種誇張的程度。以下整理「も」的用法。

1・表示共通點
2・與疑問詞連用
3・強調程度

---------------------------------- 🎧 065

## も的用法(1)

# 表示共通點

説 明

兩項主題間具有相同的共通點時，可以用「も」來表示「也是」的意思。使用的時候有兩種情況，一種是只加在後面出現的主語，另一種則是後前兩個主語都使用「も」。

例 句

✽ 彼は台湾から来ました。私も台湾から来ました。

　他是從來台灣來的，我也是從台灣來的。

✽ 彼女は医者です。私も医者です。

　她是醫生，我也是醫生。

助詞

＊姉も東京で生まれました。妹も東京で生まれました。

姊姊也是東京出生的，妹妹也是東京出生的。

＊野菜も肉も好きです。

蔬菜和肉類都喜歡。

＊本も雑誌もあります。

書和雜誌都有。

＊服もバッグも買いたいです。

想買衣服和包包。

---

🎵 066

## も的用法(2)

# 與疑問詞連用

### 説 明

「も」和疑問詞連用的時候，可以當成是「都」的意思。例如「どれも」就是「每個都」的意思。而疑問詞和「も」連用，通常都是具有強烈肯定或否定的意思。

➪ どれ＋も→どれも

(不管)哪個都

➪ いつ＋も→いつも

一直都／隨時都

➪ どこ＋も→どこも

哪裡都／到處都

⇨ なに＋も→なにも

(不管)什麼都

例　句

✻ どれもいい作品です。

不管哪個都是好作品。

✻ いつも忙しいです。

一直都很忙。

✻ どこにも出かけませんでした。

哪裡都沒有去。

✻ 何も見ません。

什麼都不看。

---------------------------------------------------- 🎧 066

## も的用法(3)

# 強調程度

説　明

在句子中，要強調數量的多寡、程度的強烈時，可以在句中的數字後面加上「も」，表示「竟然也有這麼多」的意思。或是在名詞後面加上「も」，表示竟然有這種事。

例　句

✻ 公園に百人もいます。

公園裡竟然有一百個人。

助詞

✽ 一杯一万円もしました。

一杯竟然要一萬日幣。

✽ 二時間もかかりました。

竟然花了兩個小時。

✽ 彼女と一分も一緒にいたくないです。

連一分鐘都不想和她在一起。

✽ ビールを三十本も飲みました。

竟然喝了三十瓶啤酒。

✽ のどが痛くて水も飲めません。

喉嚨很痛，連水都沒辦法喝。

-------------------------------------------------- 🎵 067

# の

### 説明

「の」是表示「的」，具有表示所屬、說明
屬性的意思。像是「私の本」裡的「の」，
就是「我的書」中「的」的意思。

### 例句

✽ 先生の車です。

老師的車。（表示所屬關係）

✽ 日本人の弁護士です。

日籍律師。（表示屬性）

✽ 四時の飛行機です。

　四點的飛機。（表示屬性）

✽ 革のジャケットです。

　皮製的夾克。（表示屬性）

✽ 台湾の台北です。

　台灣的台北。（表示位置關係）

✽ 数学の本です。

　數學相關的書。（表示屬性）

# を

### 説 明

「を」通常使用在他動詞和移動動詞前面。
剛好在前面的自動詞句和他動詞句中，都學
習過「を」的用法。這裡再次加以整理複習。

1・表示他動詞動作的對象

2・表示移動動詞動作的場所

3・從某處出來

助
詞

MP3 068

## を的用法(1)

# 表示他動詞動作的對象

### 説明

當「を」出現在名詞後面的時候，是表示動詞所動作的對象，這時的名詞也就是一般所說的「受詞」。

### 例句

✲ ジュースを飲みます。

　喝果汁。

✲ 料理を作ります。

　做菜。

✲ 本を読みます。

　讀書。

✲ ニュースを見ます。

　看新聞。

✲ 花を買いました。

　買了花。

✲ 絵を描きました。

　畫了畫。

## を的用法(2)

# 表示移動動詞動作的場所

### 説明

在前面的自動詞篇章中，曾經提到自動詞中有種特別的動詞，叫做「移動動詞」，而在移動動詞中，表示在某區域、場所間移動的動詞，就要要使用「を」來表示移動的地點和場所。

### 例句

✽ 公園を散歩します。

　在公園裡散步。

✽ 道を歩きます。

　在路上走。／走路。

✽ 道を通ります。

　通過道路。

✽ 海を渡ります。

　渡海。

✽ 鳥が空を飛びます。

　鳥在空中飛翔。

助詞

## を的用法(3)

# 從某處出來

### 説 明

要表示從某個地方出來，是在場所的後面加上「を」。（和起點的意思不同，而是單純指從某地方裡面出來到外面的感覺）

### 例 句

✻ 朝、家を出る。

　早上從家裡出來。

✻ 台北でバスを降ります。

　在台北下了公車。

✻ 明日、日本を発ちます。

　明天從日本出發。

✻ 船が港を離れます。

　船離開了港口。

✻ 大学を出ました。

　從大學畢業了。

✻ 彼は短期大学を出ています。

　他是短期大學畢業的。

# か

### 説 明

「か」是表示疑問的意思，通常是放在句尾，
或者是名詞的後面使用。大致可以分成兩種
用法：

1・表示疑問或邀約
2・選項
3・不特定的對象

## か的用法(1)

# 表示疑問或邀約

### 説 明

在前面學過的名詞句、形容詞句、動詞句中，
要改成疑問句時，都是在句末加上助詞
「か」。相信大家對它的用法已經十分熟悉
了。

### 例 句

✱ このかばんはあなたのですか。

　　那個包包是你的嗎？（表示疑問）

✱ あの人は誰ですか。

　　那個人是誰？（表示疑問）

助詞

✲どこへ行（い）きたいですか。
想去哪裡呢？（表示疑問）

✲いいですか。
可以嗎？／好嗎？（表示疑問）

✲一緒（いっしょ）に映画（えいが）を見（み）に行（い）きませんか。
要不要一起去看電影？（詢問對方意願）

✲お食事（しょくじ）に行（い）きましょうか。
要不要一起去吃飯？（表示邀請）

MP3 070

## か的用法(2)

## 選項

説　明

在句子中列出兩個以上的選項，要從其中選擇。這時選項的後面加上「か」即表示選擇其中一項的意思，就如同中文裡的「或者」之意。

例　句

✲ペンか鉛筆（えんぴつ）で書（か）きます。
用筆或是鉛筆寫。

✲飲（の）み物（もの）か食（た）べ物（もの）を選（えら）びます。
選喝的或是吃的。

✽ 毎朝、牛乳か紅茶を飲みます。

　毎天早上喝牛奶或是紅茶。

✽ イギリスかアメリカへ行きます。

　去英國或是美國。

✽ 野菜か肉を買います。

　買菜或是肉。

✽ 紙かノートを貸します。

　借紙或是筆記本給別人。

---

## か的用法(3)

# 表示不特定的對象

説　明

在疑問詞的後面，加上「か」，可以用來表
是不特定的對象。像是在「だれ」的後面加
上「か」，即表示「某個人」的意思。

⇨ だれ＋か→だれか

　某個人

⇨ どこ＋か→どこか

　某處

⇨ なに＋か→なにか

　某個

助詞

➪ いつ＋か→いつか
　某個時候

### 例句

＊誰かがこっちに来ます。
　有某個人會來這裡。

＊どこかにおきましたか。
　放在哪裡了呢？

＊何か食べ物がありませんか。
　有沒有什麼吃的？

＊いつかまた会いましょう。
　後會有期。

# に

### 説明

「に」可以用來表示進行動作的地點、目的
地、時間…等。大致可分為下列幾種：
1．表示存在的場所
2．表示動作的場所
3．表示動作的目的
4．表示目的地
5．表示時間
6．表示變化的結果

## に的用法(1)

# 表示存在的場所

### 説明

在表示地方的名詞後面加上「に」，表示物品或人物位於某個地點。通常和前面所學過的「あります」「います」配合使用。

### 例句

✽ 机の上にお菓子があります。

桌上有零食。

✽ 庭に犬がいます。

院子裡有狗。

✽ 棚の上に本があります。

架子上有書。

✽ 教室に学生がいます。

教室裡有學生。

✽ 部屋にベッドがあります。

房間裡有床。

助詞

072

## に的用法(2)

# 表示動作進行的場所

### 説明

一個動作一直固定在某個地方進行的時候，就會在場所的後面用「に」來表示是長期、穩定的在該處進行動作。若是短暫的動作時，則是用「で」來表示。（可參照後面「で」的介紹）

### 例句

✻出版社に勤めます。

在出版社工作。

（表示長期在出版社上班）

✻名古屋に住みます。

住在名古屋。

（表示長期住在名古屋）

✻公園のベンチに座ります。

坐在公園的長椅上。

（表示坐在椅子上穩定的狀態）

✻ここにおきます。

放在這裡。

（表示放置在這裡的穩定狀態）

## に的用法(3)

# 表示動作的目的

### 説 明

在前面的他動詞句中曾經學過，要表示動作
的目的時，可以用動詞ます形的語幹加上助
詞「に」來表示目的。而在名詞後面加上
「に」也具有表示目的之意。

### 例 句

✱映画を見に行きます。

　去看電影。

✱ご飯を食べに行きます。

　去吃飯。

✱留学に来ました。（名詞＋に）

　來留學。

✱誕生日のお祝いにケーキを買いました。

　（お祝い：祝賀）

　為慶祝生日買了蛋糕。

✱旅行の思い出に写真を撮りました。

　（思い出：回憶）

　為了旅行的回憶，拍了照片。

✱明日買い物に行きます。（買い物：購物）

　明天要出去購物。

助詞

に的用法(4)

# 表示目的地

### 説明

在場所的後面加上「に」是表示這個場所是動作的目的地或目標。

### 例句

✻ 公園に行きます。

去公園。

✻ 電車が駅に着きました。

電車已經到站。

✻ 気温が三十度に達しました。

氣溫達到了三十度。

✻ 日本に到着しました。

到達日本了。

✻ タクシーに乗ります。

搭乘計程車。

（表示進入計程車內）

✻ 部屋に入ります。

進入屋子裡。

（表示進到屋子裡面）

## に的用法(5)

# 表示時間

### 説明

在表示時間的名詞後面加上「に」，可以用來說明動作的時間點，也可以用來表示時間的範圍。可參照下面例句的說明。

### 例句

＊毎日十時に寝ます。

　　每天十點就寢。（表示動作的時間點）

＊冬に沖縄を旅行しました。

　　冬天時去沖繩旅行。（表示動作的時間點）

＊一日に二杯コーヒーを飲みます。

　　一天喝兩杯咖啡。（表示時間的範圍）

＊週に三回運動します。

　　一週做三次運動。（表示時間的範圍）

＊月に二回図書館に行きます。

　　一個月去兩次圖書館。（表示時間的範圍）

＊二人に一人は子供です。

　　兩個人裡就有一個是小孩。

　　（表示比例／條件範圍）

助詞

## に的用法(6)

# 表示變化的結果

### 説明

在句子中，若要表示變化的結果時，要在表示結果的詞（可以是名詞、な形容詞）後面加上「に」。

### 例句

✽ 医者になりました。
  變成醫生了。／當上醫生了。

✽ 兄が大学生になりました。
  變成大學生了。／當上大學生了。

✽ 水が氷になります。
  水變成冰。

✽ きれいになりました。
  變漂亮了。

✽ 大人になりました。
  變成大人了。

✽ 大都市になりました。
  變成大都市了。

# へ

## 説 明

「へ」表示動作的目標，這個目標可以是場所，也可以是人。「へ」在使用上，有時可以和「に」作用相同，但「へ」較具有表示方向的意思。（可參考「に」的介紹）

## 例 句

✽ 明日、日本へ出発します。

明天要出發前往日本。

✽ どこへ行きますか。

要去哪裡？

✽ 両親へ電話をかけます。

打電話給父母。

✽ 友達へメールをします。

發電子郵件給朋友。

✽ 国の家族へ電話します。

打電話給在家鄉的家人。

✽ 何時に家へつきましたか。

何時到家的？

助詞

# で

### 説明

「で」可以用來表示地點、手段、理由、狀態…等。大致可分為下列幾種用法：
1・動作進行的地點
2・表示手段、道具或材料
3・表示原因
4・表示狀態
5・表示範圍、期間

---

🔊 076

## で的用法(1)

# 動作進行的地點

### 説明

在場所的後面加上「で」通常是表示短時間內在某個地點進行一個動作，這個動作並不是固定出現的。（用法和「に」不同，可參照「に」的説明）

### 例句

✱ 夏は海で泳ぎます。

　夏天時在海裡游泳。

✱ 三十歳で結婚しました。

　三十歳時結婚了。

�<ruby>私<rt>わたし</rt></ruby>は<ruby>大阪<rt>おおさか</rt></ruby>で<ruby>生<rt>う</rt></ruby>まれました。

我是在大阪出生的。

✲<ruby>今度<rt>こんど</rt></ruby>の<ruby>大会<rt>たいかい</rt></ruby>は<ruby>名古屋<rt>なごや</rt></ruby>で<ruby>行<rt>おこな</rt></ruby>われます。

接下來的大會是在名古屋舉辦。

✲チリで<ruby>大<rt>おお</rt></ruby>きい<ruby>地震<rt>じしん</rt></ruby>がありました。

智利發生了大地震。

-----------------------------------------------------

🔘 076

## で的用法(2)

# 表示手段、道具或材料

### 説 明

表示手段時，在名詞的後面加上「で」，用來表示「藉著」此物品來進行動作或達成目標。另外，物品是「用什麼」做成的，如：木材製成桌椅，也是以「で」來表示；但若是產生化學變化而產生的物品，例如：石油變成纖維，則不能用「で」。

### 例 句

✲<ruby>電車<rt>でんしゃ</rt></ruby>で<ruby>学校<rt>がっこう</rt></ruby>へ<ruby>行<rt>い</rt></ruby>きます。

坐電車去學校。（表示手段）

✲<ruby>日本語<rt>にほんご</rt></ruby>で<ruby>答<rt>こた</rt></ruby>えます。

用日語回答。（表示手段）

✲<ruby>包丁<rt>ほうちょう</rt></ruby>で<ruby>肉<rt>にく</rt></ruby>を<ruby>切<rt>き</rt></ruby>ります。

用菜刀切肉。（表示道具）

助詞

＊フォークでハンバーグを食べます。

　用叉子吃漢堡排。（表示道具）

＊この椅子は木で作られます。

　這把椅子是用木頭做的。（表示材料）

### 比　較

ワインはぶどうから作られます。

紅酒是葡萄做成的。

（表示材料，有化學變化，用「から」）

----

**MP3** 077

## で的用法(3)

# 表示原因

### 説　明

「で」也可以用來表示理由。說明由於什麼原因而有後面的結果。

### 例　句

＊寝坊で遅刻しました。

　因為睡過頭而遲到。

＊病気で会社を休みました。

　因生病而向公司請假。

＊地震でビルが倒れました。

　大樓因為地震倒塌。

✽ 小さいことで喧嘩しました。

　因為小事而吵架。

✽ 頭痛で参加できませんでした。

　因為頭痛而無法參加。

✽ 風邪で早退しました。

　因為感冒而早退。

-------------------------------------------------- 🎵 077

## で的用法(4)

# 表示狀態

### 説明

「で」也可以用來表示動作進行時的狀態，
例如：一個人、大家一起、一口氣…等。

### 例句

✽ 一人でご飯を作りました。

　一個人作了飯。

✽ 二人で完成しました。

　兩個人一起完成了。

✽ 一人で日本へ旅行しました。

　一個人去了日本旅行。

✽ みんなで映画を見に行きます。

　大家要一起去看電影。

助詞

＊勢いで成功しました。

一股作氣成功了。

＊すごい速さで日本語が上手になりました。

日語以飛快速度變好了。

------------------------------- 🎵 078

## で的用法(5)

# 表示範圍、期間

### 説明

「で」也可以用來表示期間、期限或是範圍。

### 例句

＊一年間で百万貯金しました。

用一年的時間存了一百萬。

＊この仕事は来週で終わります。

這個工作在下星期就要告一段落。

＊世界で一番好きな人は誰ですか。

世界上你最喜歡的人是誰？

＊彼女はクラスで一番人気の子です。

她是班上最有人緣的孩子。

＊この車は三十万円で買えます。

這台車用三十萬日幣就能買到。

＊この中で一番好きなのはどれですか。

在這其中你最喜歡哪一個？

# と

## 説明

要舉出兩件以上的事物，而這幾件事物的位置是同等並列的時候，就用「と」來表示。另外還可以表示和誰進行相同的動作、表示自己的想法…等等。在本篇中先介紹較基礎的用法，而不列出需要做動詞變化之用法。

1・二者以上並列
2・表示一起動作的對象
3・傳達想法或說法

MP3 079

## と的用法(1)

# 二者以上並列

## 説明

列舉出兩個以上的事物，表示這些事物是同等地位的時候，就用「と」來表示。意思就與中文裡的「和」相同。

## 例句

✲ 牛乳と紅茶を買いました。
　買了牛奶和紅茶。

✲ あそこに田中さんと田村さんがいます。
　田中先生和田村先生在那裡。

助詞

✻ 定休日は日曜日と水曜日です。

公休日是星期日和星期三。

✻ いちごとりんごとどちらがいいですか。

草莓和蘋果，哪一個比較好？

✻ パスタとケーキを食べました。

吃了義大利麵和蛋糕。

✻ 机の上にテレビとゲーム機があります。

桌上有電視和電動。

-------------------------------------------------- MP3 079

## と的用法(2)

# 表示一起動作的對象

### 説明

要說明一起進行動作的對象，就在表示對象
的名詞後面加上「と」。

### 例句

✻ 恋人と電話で話しました。

和男（女）朋友講了電話。

✻ 友達と映画を見に行きました。

和朋友去看了電影。

✻ クラスメートと喧嘩しました。

和同學吵架了。

＊上司と一緒に食事に行きました。

和主管一起去吃了飯。

＊友達と日本へ旅行に行きます。

要和朋友去日本旅行。

＊近所のおばさんと話しました。

和附近的阿姨講了話。

MP3 080

## と的用法(3)

# 傳達想法或說法

### 説明

要傳達自己的想法或是轉達別人的說法時，中文裡會用「我覺得…」「他說…」等方法表示，而在日文中，會在完整的句子後面加上「と」，來表示這是一個想法或是別人的說法。（「と」的前面是用「常體」，可參考「使用常體的表現」一章）

### 例句

＊あの映画は面白いと思います。

我覺得那部電影很有趣。

＊これは難しいと思います。

我覺得這個很難。

助詞

❋ 昨日の試験はやさしかったと思います。

我覺得昨天的考試很簡單。

❋ この番組はつまらないと思います。

我覺得這個節目很無聊。

❋ 妹は歌手になりたいと言いました。

妹妹說她想當歌手。

❋ 彼は甘いものが好きだと言いました。

他說他喜歡甜食。

## から

### 説明

「から」具有「從…」和「因為」兩種意思。
依照意思的不同，也可以分成下列用法：
1・表示起點
2・表示原因
3・表示原料

## から的用法(1)

# 表示起點

### 説明

「から」可以用來表示起點，這裡的起點可以是地點、時間、範圍、立場…等。

### 例句

＊日本からはがきが来ました。

　從日本寄來了明信片。（表示地點的起點）

＊授業は九時からです。

　課程從九點開始。（表示時間的起點）

＊今日は学校から公園まで走りました。

　今天從學校跑到了公園。（表示範圍）

＊昨日は十ページから三十ページまで読みました。

　昨天從第十頁讀到第三十頁。（表示範圍）

＊試験は朝十時から午後三時までです。

　考試是從早上十點到下午三點。（表示範圍）

＊夏休みは七月一日からです。

　暑假是從七月一日開始。（表示時間的起點）

## から的用法(2)

# 表示原因

### 説明

「から」用來表示原因時，是表示自己的主張，或是對別人發出命令時使用。

### 例句

✱ 眠いから行きません。

因為想睡所以不去。

✱ 暑いから食べたくないです。

因為天氣很熱所以不吃。

✱ うるさいからうちを出ます。

因為很吵，所以離開家裡。

✱ 寒いから出かけません。

因為很冷所以不出門。

✱ 暑いから窓を開けてください。

因為很熱所以請開窗。（請託的說法）

✱ 遅いから早く寝なさい。

因為很晚了快去睡覺。（命令）

## から的用法(3)

# 表示原料

**説 明**

前面曾經學過「で」也可以用來表示製作物品的原料。「で」是用來表示原料直接製成物品，而沒有經過質料的變化。「から」則是原料經過了化學變化，成品完成後已經看不出原料的材質和形式了。

**例 句**

✲ ワインはぶどうから作(つく)られます。
紅酒是葡萄做的。

✲ プラスチックは石油(せきゆ)からできています。
塑膠是石油做的。

✲ 酒(さけ)は米(こめ)から作(つく)られます。
清酒是用米做的。

✲ 紙(かみ)は木(き)から作(つく)られます。
紙是用木頭做的。

✲ 味噌(みそ)は大豆(だいず)から作(つく)られます。
味噌是用大豆做的。

# より

## 説明

「より」具有比較基準的意思，也就是中文裡的「比」。另外也含有起點意思。在本篇中，先針對比較的意思來學習。在使用「より」時，需注意依前後文的排列方法不同，比較的結果也不同，下面就用例句來說明。

## 例句

＊彼女は私より背が高いです。

她比我高。

＊彼女より、私のほうが背が高いです。

比起她，我比較高。

＊日本は台湾より大きいです。

日本比台灣大。

＊日本より、アメリカのほうが大きいです。

比起日本，美國比較大。

＊母は私より優しいです。

媽媽比我溫柔。

＊母より、私のほうが優しいです。

比起媽媽，我比較溫柔。

# まで

### 説明

「まで」是用來表示一個範圍的終點，可以是時間也可以是地點場所。

### 例句

＊今日は学校から公園まで走りました。
　今天從學校跑到了公園。（公園是終點）

＊昨日は十ページから三十ページまで読みました。
　昨天從第十頁讀到第三十頁。
　（三十頁是範圍的終點）

＊試験は朝十時から午後三時までです。
　考試是從早上十點到下午三點。（表示時間終點）

＊仕事で高雄まで行きます。
　因為工作的關係，要到高雄去。
　（表示達到的地點）

＊五時までに宿題を出してください。
　請在五點以前交作業。
　（限定的時間點；表示時間點時要用「までに」）

助詞

175

# など

### 説明

「など」等同於中文裡的「…等」之意。是在很多物品中列舉了其中幾樣的意思，或者是從眾多的物品中舉出了其中幾樣當例子。

### 例句

✻ 朝はトーストやサンドイッチなどを食べます。

早上通常是吃吐司或是三明治之類的。

✻ 学校の前には本屋や八百屋や交番などがあります。

學校前面有書店、蔬菜店、警察局…等等。

✻ 食事の後でジュースなどいかがですか。

（いかが：如何）

吃完飯後，要不要來杯果汁之類的。

✻ 九州や東京などはどうですか。

九州或是東京之類的如何呢？

✻ 野菜や肉などを買いました。

買了些蔬菜和肉之類的。

✻ 昨日、アニメやドラマなどを見ました。

昨天看了卡通、連續劇之類的節目。

# や

### 説明

「や」可以當成是「或是」的意思。用在並列舉出例子的時，將這些例子串連起來。

### 例句

✽ ここには、台湾や日本や韓国など、いろいろな国の社員がいます。

在這裡，有台灣、日本、韓國…等各國的員工。

✽ 考え方ややり方は違います。

想法或是做法不同。

✽ 部屋に机やベッドなどがあります。

房間裡有桌子和床…等等。

✽ 朝はトーストやサンドイッチなどを食べます。

早上通常是吃吐司或是三明治之類的。

✽ 学校の前には本屋や八百屋や交番などがあります。

學校前面有書店、蔬菜店、警察局…等等。

## しか

### 説明

「しか」是「只」的意思，是限定程度、範圍的說法。在使用「しか」的時候，後面一定要用否定形，就如同是中文裡面的「非…不可」的意思。

### 例句

✽ 肉しか食べません。
　非肉不吃。／只吃肉。

✽ 水しか飲みません。
　非水不喝。／只喝水。

✽ 教科書しか読みません。
　非教科書不看。／只看教科書。

✽ 漫画しか読みません。
　非漫畫不看。／只看漫畫。

✽ 仕事しか考えません。
　非工作不想。／只想著工作。

✽ 日本しか行きません。
　非日本不去。／只去日本。

# くらい

## 説明

在日文中，要表示大概的數字和程度時，可以用「くらい」或是「ほど」來表示。其中「くらい」是較口語的表現方式，也可以說「ぐらい」。

## 例句

✻ 学校までは五分くらいかかります。

　 到學校約需五分鐘。

✻ これは三千円くらいかかります。

　 這個大約三千元。

✻ ここは台北の三倍くらいの面積があります。

　 這裡的面積大約有台北的三倍大。

✻ 庭に二歳くらいの子供がいます。

　 院子裡有個兩歲左右的小孩。

✻ 四時ぐらいに帰りました。

　 四點左右回家了。

✻ ここは千人くらいの人が集まります。

　 這裡大約會聚集一千人左右。

助詞

# ながら

## 説 明

「ながら」有下列兩種用法：

1・同時進行

2・逆接

---

🎵 086

## ながら的用法(1)

# 同時進行

## 説 明

「ながら」的用法就等同於中文裡的「一邊…一邊…」，而接續的方式是把動詞ます形的語幹保留，加上「ながら」。例如「飲みます」這個動詞，去掉後面的ます，只保留語幹部分，再加上「ながら」，即是「飲みながら」。

## 例 句

✱ 彼は音楽を聴きながら本を読みます。

　他一邊聽音樂一邊讀書。

✱ 私はいつもテレビを見ながらご飯を食べます。

　我總是一邊看電視一邊吃飯。

✽ 笑いながら漫画を読みます。

　一邊笑一邊看漫畫。

✽ 話しながら働きます。

　一邊說話一邊工作。

✽ 私たちは卒業アルバムを見ながら話します。

　我們一邊看著畢業紀念冊一邊聊天。

✽ 資料を見ながら書きます。

　一邊看資料一邊寫。

## ながら的用法(2)

## 逆接

### 説明

「ながら」的另一種用法，是表示「雖然…卻…」的意思。動詞的接續方式和前一篇中所說的一樣，也是把動詞ます形的語幹保留，加上「ながら」。另外也可以接用形容詞、名詞。

### 例句

＊お酒は体に悪いと知りながらなかなかやめられません。

雖然知道酒對身體不好，卻還是無法戒掉。

＊残念ながら、出席できません。

很遺憾，無法出席。

（「残念ながら」為慣用用法，意為雖然很可惜，但是…）

＊彼は小柄ながら体力があります。

他的個子雖小，但很有體力。

＊小さいながらも楽しい我が家。

我家雖然很小卻很歡樂。

（ながらも也是雖然的意思）

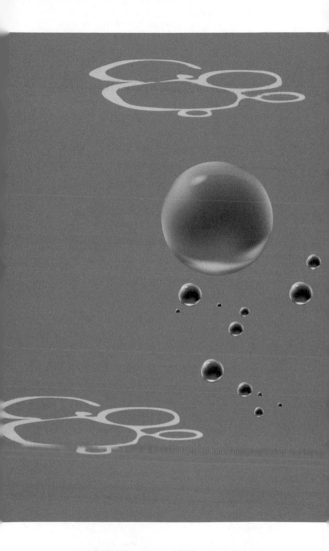

# 動詞

# 動詞概說

**說　明**

從本章開始，就要進入學習日語的另一階段
一動詞變化。為了方便學習動詞的各種變化
方法，我們必需要先熟記日語動詞的分類。
日後學習的各種動詞變化方法，都是依照該
動詞所屬的分類而去做變化的。因此熟記動
詞所屬的分類，即是十分重要的一環。若是
可以學習好動詞的分類和變化方法，對於看
懂文章或是進行會話，都會更加順利。
日語中的動詞，可以分成三類，分別為一類
動詞、二類動詞和三類動詞。這種分法是針
對學習日語的外國人而分類的。另外還有一
套是屬於日本國內教育或是字典上的分類法。
為了學習的方便，在本書中是以較簡易的前
者為教學內容。無論是學習哪一種動詞分類
方法，都能夠完整學習到日語動詞變化，所
以不用擔心會有遺漏。

動
詞

# 087

# 一類動詞

### 説明

在日文五十音中，帶有「i」音的稱為「い段」，也就是「い、き、し、ち、に、ひ、み、り」等音。要判斷一類動詞，只要看動詞ます形的語幹部分（在ます之前的字）最後一個音是「い段」的音，多半就屬於一類動詞。

舉例來說，「行きます」這個字，在語幹的部分，最後一個音是「き」，發音為「ki」屬於「い段音」，因此就屬於一類動詞。

例如：

行きます

い段音→一類動詞

下面就列出常見的一類動詞。

⇨ い段音（發音結尾帶有 i 的音）：

い、き、し、ち、に、ひ、み、り、ぎ、じ、ぢ、び、ぴ

⇨ 語幹為「い」結尾：

| 買います | 買 |
|---|---|
| 使います | 使用 |
| 払います | 付（錢） |

| 洗<sub>あら</sub>います | 洗 |
|---|---|
| 歌<sub>うた</sub>います | 唱歌 |
| 会<sub>あ</sub>います | 會見／碰面 |
| 吸<sub>す</sub>います | 吸 |
| 言<sub>い</sub>います | 說 |
| 思<sub>おも</sub>います | 想 |

## ➪ 語幹為「き」結尾：

| 行<sub>い</sub>きます | 去 |
|---|---|
| 書<sub>か</sub>きます | 寫 |
| 聞<sub>き</sub>きます | 聽／問 |
| 泣<sub>な</sub>きます | 哭 |
| 働<sub>はたら</sub>きます | 工作 |
| 歩<sub>ある</sub>きます | 走路 |
| 置<sub>お</sub>きます | 放置 |

## ➪ 語幹為「ぎ」結尾：

| 泳<sub>およ</sub>ぎます | 游泳 |
|---|---|
| 脱<sub>ぬ</sub>ぎます | 脫 |

## ➪ 語幹為「し」結尾：

| 話<sub>はな</sub>します | 說話 |
|---|---|

動詞

187

| 消します | 消除／關掉 |
| 貸します | 借出 |
| 返します | 返還 |

⟳ **語幹為「ち」結尾：**

| 待ちます | 等待 |
| 持ちます | 拿著／持有 |
| 立ちます | 站立 |

⟳ **語幹為「に」結尾：**

| 死にます | 死亡 |

⟳ **語幹為「び」結尾：**

| 遊びます | 遊玩 |
| 呼びます | 呼叫／稱呼 |
| 飛びます | 飛 |

⟳ **語幹為「み」結尾：**

| 飲みます | 喝 |
| 読みます | 讀 |

| 休みます | 休息 |
|---|---|
| 住みます | 居住 |

### ⇨ 語幹為「り」結尾:

| 作ります | 製作 |
|---|---|
| 送ります | 送 |
| 売ります | 賣 |
| 座ります | 坐下 |
| 乗ります | 乘坐 |
| 渡ります | 渡／橫越 |
| 帰ります | 回去 |
| 入ります | 進去 |
| 切ります | 切 |

動詞

# 二類動詞

### 説 明

在五十音中，發音中帶有「e」的音，稱為「え段」音。動詞ます形的語幹中，最後一個字的發音為え段音的，則是屬於二類動詞。例如：「食べます」的語幹「食べ」最後的一個字「べ」是屬於え段音，因此「食べます」就屬於二類動詞。

在二類動詞中，有部分的語幹是「い段音」結尾，卻仍歸於二類動詞中，這些就屬於例外的二類動詞。

## ❑ え段音：

え、け、せ、て、ね、へ、め、れ、げ、ぜ、で、べ、ぺ

## ❑ 語幹為「え」結尾：

| 教<sup>おし</sup>える | 教導／告訴 |
|---|---|
| 覚<sup>おぼ</sup>える | 記住 |
| 考<sup>かんが</sup>える | 思考／考慮 |
| 変<sup>か</sup>える | 改變 |

## ❑ 語幹為「け」結尾：

| 開<sup>あ</sup>けます | 打開 |
|---|---|

🎵 090

| つけます | 付屬 |
|---|---|
| 掛<sup>か</sup>けます | 掛 |

⌕ **語幹為「げ」結尾：**

| 上げます | 上升 |
|---|---|

⌕ **語幹為「め」結尾：**

| 閉めます | 關上 |
|---|---|
| 始めます | 開始 |

⌕ **語幹為「れ」結尾：**

| 忘れます | 忘記 |
|---|---|
| 流れます | 流 |
| 入れます | 放入 |

⌕ **語幹為「べ」結尾：**

| 食べます | 吃 |
|---|---|
| 調べます | 調查 |

⌕ **語幹為「て」結尾：**

| 捨てます | 丟棄 |
|---|---|

⌕ **語幹為「で」結尾：**

| 出ます | 出來 |
|---|---|

⌕ **語幹為「せ」結尾：**

| 見せます | 出示 |
|---|---|
| 知らせます | 告知 |

動詞

▷ 語幹為「ね」結尾：

| 寝ます | 睡 |

▷ 例外的二類動詞（語幹為い段音，但屬於二類動詞）

| います | 在 |
| 着ます | 穿 |
| 飽きます | 膩／厭煩 |
| 起きます | 起床／起來 |
| 生きます | 生存 |
| 過ぎます | 超過 |
| 信じます | 相信 |
| 感じます | 感覺 |
| 案じます | 思考 |
| 落ちます | 掉落 |
| 似ます | 相似 |
| 煮ます | 煮 |

--------------------------------- 🎧 091

| 見ます | 看見 |
| 降ります | 下車 |
| 借ります | 借入 |
| できます | 辦得到 |

| 伸びます | 延伸 |
|---|---|
| 浴びます | 淋／洗 |

-------- MP3 091

# 三類動詞

### 説　明

三類動詞只有兩個需要記憶，分別是「来ます」和「します」。由於這兩個動詞的變化方法較為特別，因此另外列出來為三類動詞。其中「「します」是「做」的意思，前面可以加上名詞，變成一個完整的動作。比如說「結婚」原本是名詞，加上了「します」，就帶有結婚的動詞意義。像這樣以「します」結尾的動詞，也都是屬於三類動詞。

| 来ます | 來 |
|---|---|
| します | 做 |

➾ 名詞＋します

| 勉強します | 念書／學習 |
|---|---|
| 旅行します | 旅行 |
| 研究します | 研究 |

動詞

| 掃除<ruby>そうじ</ruby>します | 打掃 |
| 洗濯<ruby>せんたく</ruby>します | 洗衣 |
| 質問<ruby>しつもん</ruby>します | 發問 |

🎵 092

| 説明<ruby>せつめい</ruby>します | 說明 |
| 紹介<ruby>しょうかい</ruby>します | 介紹 |
| 心配<ruby>しんぱい</ruby>します | 擔心 |
| 結婚<ruby>けっこん</ruby>します | 結婚 |
| 準備<ruby>じゅんび</ruby>します | 準備 |
| 散歩<ruby>さんぽ</ruby>します | 散步 |

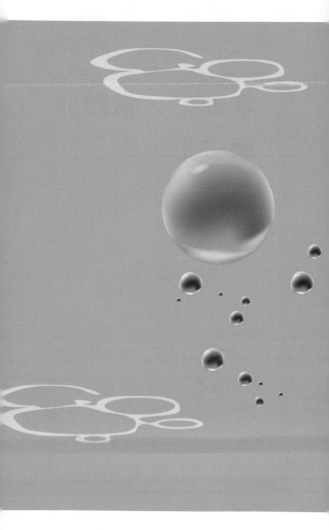

# 字典形／常體非過去形

# 「字典形」概說

### 說明

如果有翻過日文字典的人，應該會發現，日文字典裡的單字，動詞的部分都不是以「ます」結尾，而且就算是用ます形的語幹去查詢，也沒有辦法在字典中找到想要的動詞。這是因為字典中的動詞，都是以「常體非過去形」也就是「字典形」的形式來呈現的。

那麼，什麼是「字典形」呢？「字典形」又可以稱作是「常體非過去形」。常體是相對於「敬體」來說，在日文中，為了表示尊重對方，於是在動詞上加了很多華麗的裝飾，「敬體」就是其中一種。如果將這些敬體都拿掉，剩下的就是動詞最原本的模樣，也就是「常體」。

「常體」的使用場合，是在與平輩或較熟識的朋友交談時使用。另外寫文章也可以使用常體。

常體也分成過去和非過去形。常體非過去形則是動詞的現在式、未來式的表現方式，也等於是動詞最原始的形式。而因為「常體非過去形」是動詞最基本的模樣，所以字典在收錄動詞時便以這種形式收錄。

簡單的說，「字典形」就是「常體非過去式」；使用的方式和常體相同。

以下就利用大家常聽到的單字為例：

わかります。
知道。（ます形）
わかる。
知道。（常體非過去形）

--------------------------------- 🎧 093

# 字典形－一類動詞

### 説　明

一類動詞要變成字典形時，先把代表禮貌的
「ます」去掉。再將ます形語幹的最後一個
字，從同一行的「い段音」變成「う段音」，
就完成了字典形的變化。

例如：

行きます
↓
行き~~ます~~
↓
行く（か行的い段音「き」變成か行的う段
音「く」，即：ki→ku）

⇨（「い段音」→「う段音」）

書きます→書く(ki→ku)

泳ぎます→泳ぐ(gi→gu)

話します→話す(shi→su)

立ちます→立つ(chi→tsu)

呼びます→呼ぶ(bi→bu)

住みます→住む(mi→mu)

乗ります→乗る(ri→ru)

使います→使う(i→u)

### 例 句

✽ 学校へ行きます。（去學校）
↓
学校へ行く。

✽ プールで泳ぎます。（在游泳池游泳）
↓
プールで泳ぐ。

✽ 電車に乗ります。（搭火車）
↓
電車に乗る。

-------------------------------------------------- 🎵 094

# 字典形－二類動詞

### 説 明

二類動詞要變成字典形，只需要先將動詞ます形的「ます」去掉，再加上「る」，即完成了動詞的變化。
例：

食べます
↓
食べ ~~ます~~
↓
食べ＋る
↓
食べる

⇨（ます→る）

教えます→教える

掛けます→掛ける

見せます→見せる

捨てます→捨てる

始めます→始める

寝ます→寝る

出ます→出る

います→いる

着ます→着る

飽きます→飽きる

起きます→起きる

生きます→生きる

過ぎます→過ぎる

似ます→似る

見ます→見る

降ります→降りる

できます→できる

### 例 句

＊野菜を食べます。（吃蔬菜）
↓
野菜を食べる。

＊電車を降ります。（下火車）
↓
電車を降りる。

＊朝早く起きます。（一大早起床）
↓
朝早く起きる。

---

🎧 095

## 字典形－三類動詞

### 説 明

三類動詞只有「来ます」和「します」，它們的字典形分別是：

来ます→来る（請注意發音）
します→する
勉強します→勉強する

⟳ (特殊變化)

来ます→来る

します→する

勉強します→勉強する

洗濯します→洗濯する

質問します→質問する

説明します→説明する

紹介します→紹介する

心配します→心配する

結婚します→結婚する

例 句

✱ うちに来ます。（來我家）

↓

うちに来る。

✱ 友達と一緒に勉強します。（和朋友一起念書）

↓

友達と一緒に勉強する。

✱ 子供のことを心配します。（擔心孩子的事）

↓

子供のことを心配する。

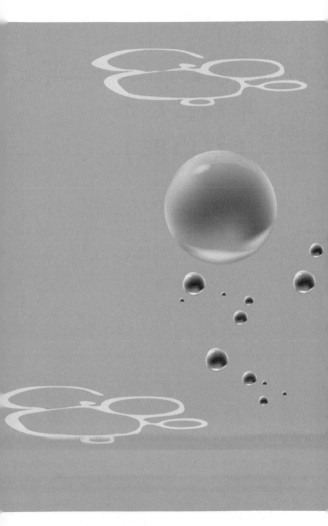

# 常體否定形
# （ない形）

# 常體否定形－一類動詞

## 説明

前面學習了常體的非過去形之後，現在要學習常體非過去的否定形。一類動詞的常體否定形，是將ます形語幹的最後一個音，從同一行的「い段音」變成「あ段音」，然後再加上「ない」。即完成常體否定形的變化。其中需要注意的是，語幹結尾若是「い」則要變成「わ」。

例如：

書きます

↓

書き~~ます~~

↓

書か（か行「い段音」的「き」變成か行「あ段音」的「か」。き→か；即：ki→ka）

↓

書かない（加上「ない」）

➪ （「い段音」→「あ段音」＋「ない」）

書きます→書かない(ki→ka)

泳ぎます→泳がない(gi→ga)

話します→話さない(shi→sa)

立ちます→立たない(chi→ta)

呼びます→呼ばない(bi→ba)

住みます→住まない(mi→ma)

乗ります→乗らない(ri→ra)

使います→使わない(i→wa)　（特殊變化）

### 例　句

✲日本に住みません。（不住日本）
　↓
　日本に住まない。


✲道具を使いません。（不用道具）
　↓
　道具を使わない。


✲友達と話しません。（不和朋友說話）
　↓
　友達と話さない。

# 常體否定形－二類動詞

## 説明

二類動詞的常體否定形，只要在ます形語幹的後面加上表示否定的「ない」，即完成變化。

例如：

食べます

↓

食べ~~ます~~

↓

食べない（加上「ない」）

➪ （ます→ない）

教えます→教えない

掛けます→掛けない

見せます→見せない

捨てます→捨てない

始めます→始めない

寝ます→寝ない

出ます→出ない

います→いない

着ます→着ない

飽きます→飽きない

起きます→起きない

生きます→生きない
過ぎます→過ぎない
似ます→似ない
見ます→見ない
降ります→降りない
できます→できない

例句

＊野菜を食べません。（不吃蔬菜）
↓
野菜を食べない。

＊電車を降りません。（不下火車）
↓
電車を降りない。

＊朝早く起きません。（不一大早起床）
↓
朝早く起きない。

# 常體否定形－三類動詞

### 說 明

三類動詞的常體否定是在ます形語幹後加上表示否定的「ない」。

➪(特殊變化)

来ます→来ない（請注意發音的變化）

します→しない

勉強します→勉強しない

洗濯します→洗濯しない

質問します→質問しない

説明します→説明しない

紹介します→紹介しない

心配します→心配しない

結婚します→結婚しない

### 例 句

✽うちに来ません。（不來我家）
↓
うちに来ない。

✽友達と一緒に勉強しません。（不和朋友一起念書）
↓
友達と一緒に勉強しない。

常體否定形（ない形）

# 使用ない形
# 的表現

食べないでください
食べなければなりません

# 食べないでください

請不要吃

### 説 明

「～ないでください」是委婉的禁止，表示
請不要做某件事情。

### 例 句

✱ タバコを吸わないでください。

請不要吸菸。

✱ この機械を使わないでください。

請不要用這臺機器。

✱ 図書館の本にメモしないでください。

請不要在圖書館的書上做筆記。

✱ 寒いので、ドアを開けないでください。

因為很冷，請不要開門。

✱ 今日は出かけないでください。

今天請不要出門。

✱ 写真を撮らないでください。

請勿拍照。

使用ない形的表現

## 食べなければなりません

非吃不可／一定要吃

### 説明

「～なければなりません」是表示一定要做某件事情，帶有強迫、禁止的意味。

### 例句

✱ レポートを出さなければなりません。
報告不交不行。／一定要交報告。

✱ お金を払わなければなりません。
不付錢不行。／一定要付錢。

✱ 七時に帰らなければなりません。
七點前不回家不行。／七點一定要回家。

✱ 掃除しなければなりません。
不打掃不行。／一定要打掃。

✱ 勉強しなければなりません。
不用功不行。／一定要用功。

✱ 仕事を頑張らなければなりません。
工作不努力不行。／一定要努力工作。

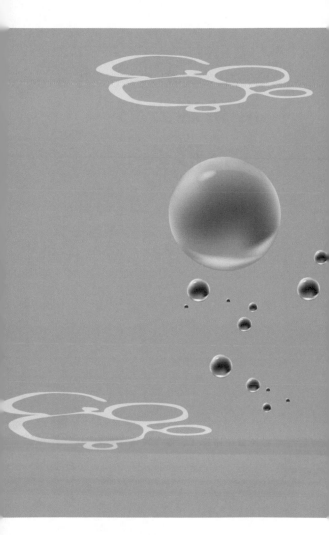

# 常體過去形

# （た形）

# 常體過去形（た形）－
# 一類動詞

### 説明

常體過去形又稱為た形，一類動詞的常體過去形變化又可依照動詞ます形的語幹最後一個字，分為下列幾種：
1・語幹最後一個字為い、ち、り→った
2・語幹最後一個字為き、ぎ→いた、いだ
3・語幹最後一個字為み、び、に→んだ
4・語幹最後一個字為し→した

 100

## 一類動詞(1)

# 語幹最後一個字為
# い、ち、り→った

⇨ （い、ち、り→っ＋た）

払<sub>はら</sub>います→払<sub>はら</sub>った
歌<sub>うた</sub>います→歌<sub>うた</sub>った
作<sub>つく</sub>ります→作<sub>つく</sub>った
送<sub>おく</sub>ります→送<sub>おく</sub>った
売<sub>う</sub>ります→売<sub>う</sub>った
待<sub>ま</sub>ちます→待<sub>ま</sub>った

持ちます→持った

立ちます→立った

行きます→行った （此為特殊變化）

### 例 句

❋ 新しい携帯を買いました。（買了新手機）

↓

新しい携帯を買った。

❋ 自分で料理を作りました。（自己做了菜）

↓

自分で料理を作った。

-------------------------------------------------- 🎵 101

## 一類動詞(2)

# 語幹最後一個字為
# き、ぎ→いた、いだ

⇨ （き→い＋た／ぎ→い＋だ）

聞きます→聞いた

泣きます→泣いた

歩きます→歩いた

働きます→働いた

泳ぎます→泳いだ

脱ぎます→脱いだ

### 例 句

✱ 小説を書きました。（寫了小說）
↓
小説を書いた。

✱ 学校まで歩きました。（走到學校）
↓
学校まで歩いた。

✱ プールで泳ぎました。（在泳池游過泳）
↓
プールで泳いだ。

------------------------------------------------- 🎵 101

### 一類動詞(3)

## 語幹最後一個字為
## み、び、に→んだ

➡ （み、び、に→ん＋だ）
読みます→読んだ
住みます→住んだ
休みます→休んだ
飛びます→飛んだ
呼びます→呼んだ
遊びます→遊んだ
死にます→死んだ

常體過去形（た形）

例 句

✽昨日くすりを飲みました。（昨天吃了藥）
　↓
　昨日くすりを飲んだ。


✽公園で遊びました。（在公園玩過）
　↓
　公園で遊んだ。


✽日本に住みました。（在日本住過）
　↓
　日本に住んだ。

------------------------------------------------- 🎵MP3 102

## 一類動詞(4)

# 語幹最後一個字為
# し→した

⇨ （し→し＋た）
　消します→消した
　貸します→貸した
　返します→返した

例 句

✽昨日、友達と話しました。（昨天和朋友說過話）
　↓
　昨日、友達と話した。

✽電気を消しました。（關了燈）
　↓
電気を消した。


✽お金を貸しました。（借出錢）
　↓
お金を貸した。


✽本を返しました。（還了書）
　↓
本を返した。

-------------------------------------------------- 🎧 102

## 常體過去形（た形）－
## 二類動詞

---

<u>説　明</u>

二類動詞要變化成常體過去形，只需要把動
詞ます形的語幹後面加上「た」即完成變化。
例如：
食べます
↓
食べ　ます
↓
食べた

⇨ （ます→た）

教えます→教えた

掛けます→掛けた

見せます→見せた

捨てます→捨てた

始めます→始めた

寝ます→寝た

出ます→出た

います→いた

着ます→着た

飽きます→飽きた

--------------------------------- (MP3) 103

起きます→起きた

生きます→生きた

過ぎます→過ぎた

似ます→似た

見ます→見た

降ります→降りた

できます→できた

例 句

＊野菜を食べました。（吃過蔬菜了）
　↓
　野菜を食べた。

✽電車を降りました。（下火車了）
↓
電車を降りた。

✽朝早く起きました。（一大早就起來了）
↓
朝早く起きた。

-------------------------------------------------- 🎧 103

# 常體過去形（た形）－
# 三類動詞

## 説明

三類動詞常體過去形變化的方法如下：
来ます→来た
します→した
勉強します→勉強した

⇨（ます→た）

来ます→来た

します→した
勉強します→勉強した
洗濯します→洗濯した
質問します→質問した
説明します→説明した

紹介します→紹介した

心配します→心配した

結婚します→結婚した

例 句

❋ うちに来ました。（來我家了）

↓

うちに来た。

---------------------------------------------- MP3 104

❋ 友達と一緒に勉強しました。

（和朋友一起念過書了）

↓

友達と一緒に勉強した。

❋ 子供のことを心配しました。

（擔心過孩子的事）

↓

子供のことを心配した。

# 常體過去形（た形）－否定

### 説明

在前面學到了，常體非過去的否定形，字尾
都是用「ない」的方式表現。「ない」是屬
於「い形容詞」。在形容詞篇中則學過，「い
形容詞」的過去式，因此「ない」的過去式
就是「なかった」。

而常體過去形的否定，則只需要將常體否定
形的字尾的「ない」改成「なかった」即可。

例如：

書かない（常體否定）

↓

書かなかった（常體過去否定）

▷ （一類動詞）

行かない→行かなかった

働かない→働かなかった

泳がない→泳がなかった

話さない→話さなかった

待たない→待たなかった

死なない→死ななかった

呼ばない→呼ばなかった

飲まない→飲まなかった

作らない→作らなかった

買わない→買わなかった

洗わない→洗わなかった

⇨ （二類動詞）

食べない→食べなかった

開けない→開けなかった

降りない→降りなかった

借りない→借りなかった

見ない→見なかった

着ない→着なかった

⇨ （三類動詞）

来ない→来なかった

しない→しなかった

勉強しない→勉強しなかった

### 例　句

✽ 昨日、手紙を書きませんでした。（昨天沒有寫信）

　↓

　昨日、手紙を書かなかった。

✽ 昨日、家を出ませんでした。（昨天沒有出門）

　↓

　昨日、家を出なかった。

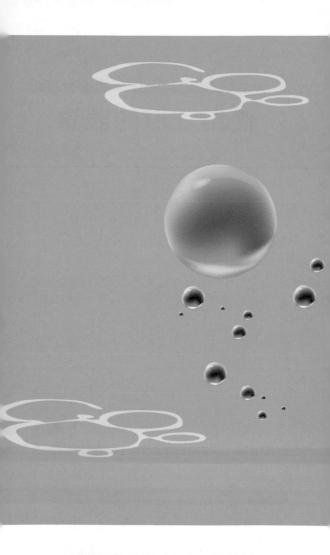

# 使用た形的表現

食べた事があります
食べたほうがいいです
食べたり飲んだりしました

# 食べた事があります

有吃過

### 説明

「～た事があります」是表示有沒有做過某件事情，用來表示經歷。

### 例句

✽日本へ行った事がありますか。

　有去過日本嗎？

✽サメを見た事があります。

　有看過鯊魚。

✽この本を読んだ事があります。

　有讀過這本書。

✽手紙を書いた事がありますか。

　有寫過信嗎？

✽日本語で話した事があります。

　有用日文講過話。

✽お花見に行った事がありますか。

　有去賞過花嗎？

## 食べたほうがいいです

最好是吃

### 説明

「～たほうがいいです」是提供對方意見，
表示這麼做會比較好。

### 例句

✱ カタカナで書いたほうがいいです。

最好用片假名寫。

✱ 傘を持って行ったほうがいいです。

最好帶傘去。

✱ 名前を書いたほうがいいです。

最好寫上名字。

✱ もっと勉強したほうがいいです。

最好多用功點。

✱ そうしたほうがいいです。

這麼做最好。

✱ 早く休んだほうがいいです。

早點休息比較好。

# 食べたり飲んだりしました

吃吃喝喝

## 説 明

「～たり～たりする」是表示做做這個、做做那個。並非同時進行，也並非有固定的順序，而是從自己做過的事情當中，挑選幾樣說出來。

## 例 句

✽ 日曜日は寝たり食べたりしました。

　 星期日在吃吃睡睡中度過。

✽ 今日は本を読んだり絵を描いたりしました。

　 今天讀了書、畫了畫。

✽ 朝は洗濯したり散歩したりします。

　 早上會洗衣服、散步。

✽ 休日は友達に会ったり音楽を聴いたりします。

　 假日會和朋友見面、聽聽音樂。

✽ 毎日アニメを見たり漫画を読んだりします。

　 每天看看卡通，看看漫畫。

✽ 毎日掃除したりご飯を作ったりします。

　 每天打掃、作飯。

# て形

# て形－一類動詞

## 説明

て形是屬於接續的用法，一類動詞的て形變化又可依照動詞ます形的語幹最後一個字，分為下列幾種：

1・語幹最後一個字為い、ち、り→って
2・語幹最後一個字為き、ぎ→いて、いで
3・語幹最後一個字為み、び、に→んで
4・語幹最後一個字為し→して

---

MP3 108

## 一類動詞(1)

# 語幹最後一個字為
# い、ち、り→って

⇨ （い、ち、り→っ＋て）

払<small>はら</small>います→払<small>はら</small>って
歌<small>うた</small>います→歌<small>うた</small>って
作<small>つく</small>ります→作<small>つく</small>って
送<small>おく</small>ります→送<small>おく</small>って
売<small>う</small>ります→売<small>う</small>って
待<small>ま</small>ちます→待<small>ま</small>って
持<small>も</small>ちます→持<small>も</small>って

立<ruby>た<rt></rt></ruby>ちます→立<ruby>た<rt></rt></ruby>って

行<ruby>い<rt></rt></ruby>きます→行<ruby>い<rt></rt></ruby>って （此為特殊變化）

---

🎵 109

## 一類動詞(2)

# 語幹最後一個字為 き、ぎ→いて、いで

⇨ （き→い＋て／ぎ→い＋で）

聞<ruby>き<rt></rt></ruby>きます→聞<ruby>き<rt></rt></ruby>いて

泣<ruby>な<rt></rt></ruby>きます→泣<ruby>な<rt></rt></ruby>いて

歩<ruby>ある<rt></rt></ruby>きます→歩<ruby>ある<rt></rt></ruby>いて

働<ruby>はたら<rt></rt></ruby>きます→働<ruby>はたら<rt></rt></ruby>いて

泳<ruby>およ<rt></rt></ruby>ぎます→泳<ruby>およ<rt></rt></ruby>いで

脱<ruby>ぬ<rt></rt></ruby>ぎます→脱<ruby>ぬ<rt></rt></ruby>いで

## 一類動詞(3)

# 語幹最後一個字為
# み、び、に→んで

▷ (み、び、に→ん＋で)
読みます→読んで
住みます→住んで
休みます→休んで
飛びます→飛んで
呼びます→呼んで
遊びます→遊んで
死にます→死んで

-------------------------------------------------- MP3 110

## 一類動詞(4)

# 語幹最後一個字為
# し→して

▷ (し→し＋て)
消します→消して
貸します→貸して
返します→返して

# て形－二類動詞

### 説 明

二類動詞要變化成て形，只需要把動詞ます
形的語幹後面加上「て」即完成變化。

例如：

食べます

↓

食べ~~ます~~

↓

食べて

⇨ （ます→て）

教えます→教えて

掛けます→掛けて

見せます→見せて

捨てます→捨てて

始めます→始めて

寝ます→寝て

出ます→出て

います→いて

着ます→着て

飽きます→飽きて

起きます→起きて

生きます→生きて

過ぎます→過ぎて

似ます→似て

見ます→見て

降ります→降りて

できます→できて

# て形－三類動詞

### 説　明

三類動詞的て形變化方法如下：

来ます→来て

します→して

勉強します→勉強して

⇨（ます→て）

来ます→来て（請注意發音的變化）

します→して

勉強します→勉強して

洗濯します→洗濯して

質問します→質問して

説明します→説明して

紹介します→紹介して

心配します→心配して

結婚します→結婚して

# 使用て形的表現

書いています
書いてください
書いてもいいですか
書いてはいけません
書いてほしいです
書いてあります
書いておきます
書いてみます
書いてしまいます
書いてしまいました

# 書いています

正在寫

## 説明

「～ています」是表示動作持續的狀態。

## 例句

✽ 木村さんは結婚しています。

　木村先生（小姐）已婚。

✽ 赤ちゃんは寝ています。

　小寶寶正在睡覺。

✽ 学生は先生と話しています

　學生正在和老師講話。

✽ 彼女は友達を待っています。

　她正在等朋友。

✽ 今は本を読んでいます。

　現在正在讀書。

✽ 朝からずっと働いています。

　從早上就一直在工作。

# 書いてください

請寫

### 説 明

「～てください」是表示請求、要求的意思。

### 例 句

❈ ここに記入してください。

請在這裡填入。

❈ ドアを開けてください。

請打開門。

❈ 教えてください。

請教我。

❈ この文を読んでください。

請讀這個句子。

❈ 私の話を聞いてください。

請聽我說。

❈ 早く寝てください。

請早點睡。

# 書いてもいいですか

可以寫嗎

説 明

「～てもいいですか」的意思是詢問可不可以做什麼事情。

例 句

✱ タバコを吸ってもいいですか。

可以吸菸嗎？

✱ ここで座ってもいいですか。

可以坐在這裡嗎？

✱ 写真をとってもいいですか。

可以讓我拍照嗎？

✱ トイレに行ってもいいですか。

可以去洗手間嗎？

✱ 質問してもいいですか。

可以發問嗎？

✱ テレビを見てもいいですか。

可以看電視嗎？

✱ ここで降りてもいいですか。

可以在這裡下車嗎？

# 書<sub>か</sub>いてはいけません
不能寫

### 説明

「～てはいけません」是表示強烈的禁止，說明不能做某個動作。

### 例句

✽ 休<sub>やす</sub>んではいけません。
不能休息。

✽ 漫画<sub>まんが</sub>を読<sub>よ</sub>んではいけません。
不可以看漫畫。

✽ お酒<sub>さけ</sub>を飲<sub>の</sub>んではいけません。
不可以喝酒。

✽ カンニングしてはいけません。
不可以作弊。

✽ パソコンを使<sub>つか</sub>ってはいけません。
不可以用電腦。

✽ アイスを食<sub>た</sub>べてはいけません。
不可以吃冰。

# 書いてほしいです

希望對方寫

### 説 明

「～てほしいです」是表示希望別人做某件事情，可以用在要求或是表示希望的場合。

### 例 句

✽ 大きい声で歌ってほしいです。

希望對方大聲的唱。

✽ 早く起きてほしいです。

希望對方早點起床。

✽ 社員がもっとインターネットを使ってほしいです。

希望職員能多利用網路。

✽ 子犬がもっと食べてほしいです。

希望小狗多吃點。

✽ 立ってほしいです。

希望對方站起來。

✽ ちゃんと練習してほしいです。

希望對方好好練習。

# 書いてあります

有寫著

### 説明

「～てあります」的句型，是表示物體狀態的意思，通常都是使用他動詞。

### 例句

✽ 壁に絵が掛けてあります。

牆上掛著畫。

✽ 部屋にポスターが張ってあります。

房間裡貼著海報。

✽ このノートには名前が書いてあります。

這本筆記本寫著名字。

✽ ホワイトボードに私の似顔絵が描いてあります。

白板上畫著我的肖像畫。

✽ 教室にカメラが設置してあります。

教室裡架設著相機。

✽ 机の上に鉢植が飾ってあります。

桌上裝飾著盆栽。

# 書いておきます

預先寫好

### 説 明

「～ておきます」是表示預先做好某件事情的意思。

### 例 句

✻ 冷蔵庫に麦茶を冷やしておきました。

已經先把麥茶冰在冰箱了。

✻ 荷物を詰め込んでおきました。

已經把行李塞好了。

✻ エアコンをつけておきます。

先把冷氣開著。

✻ データを入力しておきます。

資料預先輸入完成。

✻ 文書をコピーしておきます。

書面資料事先影印好。

✻ 資料を机の上に置いておいてください。

資料請先放在桌上。

# 書いてみます

試著寫／寫寫看

### 説　明

「～てみます」是表示試著去做某件事的意思，就像是中文裡會說的「試試看」「吃吃看」「寫寫看」的意思。

### 例　句

✽ 日本へ行ってみます。

去日本看看。

✽ 挑戦してみます。

挑戰看看。

✽ 是非食べてみてください。

請務必吃吃看。

✽ 一度料理を作ってみたいです。

試著做一次菜。

✽ 自分で服を作ってみました。

試著自己做衣服。

✽ 空を飛んでみたいです。

想在天空飛看看。

# 書いてしまいました

寫完了／不小心寫了

使用て形的表現

## 説明

「～てしまいました」是表示完成了某件事情，或是表示不小心做了某件不該做的事情。

## 例句

✱ この本を全部読んでしまいました。

把這本書全部讀完了。

✱ 彼は私のケーキを食べてしまいました。

他不小心把我的蛋糕吃掉了。

✱ 大きい声で歌ってしまいました。

不小心唱得太大聲。

✱ コピー機が壊れてしまいました。

影印機壞了。

✱ つい食べてしまいました。

不小心吃了。

✱ 人の悪口を言ってしまいました。

不小心說了別人的壞話。

# 使用常體的表現

常體概説
行くらしいです
行くそうです
行くみたいです
行くようです
行くことにしました
行くことになりました
行くつもりです
行くと思います
行くだろうと思います
行くかもしれません
行くかどうかわかりません
行くんじゃないかと思います
行くと言いました
行くと聞いています

# 常體概說

### 説明

「常體」即是在與平輩或是較熟識的朋友間談話時所使用的形式，也可稱為「普通形」。如同前面所介紹的，動詞、名詞、形容詞，都分成敬體和常體的形式。下面先複習一下動詞、名詞和形容詞的敬體與常體，在後面的篇章中，則介紹經常使用常體的各種表現句型。

使用常體的表現

### 名詞

| 敬體非過去 | 先生<ruby>先生<rt>せんせい</rt></ruby>です。 |
|---|---|
| 常體非過去 | <ruby>先生<rt>せんせい</rt></ruby>だ。 |
| 敬體非過去否定 | <ruby>先生<rt>せんせい</rt></ruby>ではありません。 |
| 常體非過去否定 | <ruby>先生<rt>せんせい</rt></ruby>ではない。 |
| 敬體過去 | <ruby>先生<rt>せんせい</rt></ruby>でした。 |
| 常體過去 | <ruby>先生<rt>せんせい</rt></ruby>だった。 |
| 敬體過去否定 | <ruby>先生<rt>せんせい</rt></ruby>ではありませんでした。 |
| 常體過去否定 | <ruby>先生<rt>せんせい</rt></ruby>ではなかった。 |

## い形容詞

| 敬體非過去 | おもしろいです。 |
| --- | --- |
| 常體非過去 | おもしろい。 |
| 敬體非過去否定 | おもしろくないです。 |
| 常體非過去否定 | おもしろくない。 |
| 敬體過去 | おもしろかったです。 |
| 常體過去 | おもしろかった。 |
| 敬體過去否定 | おもしろくなかったです。 |
| 常體過去否定 | おもしろくなかった。 |

## な形容詞

| 敬體非過去 | まじめです。 |
| --- | --- |
| 常體非過去 | まじめだ。 |
| 敬體非過去否定 | まじめではありません。<br>／まじめじゃありません。 |
| 常體非過去否定 | まじめではない。<br>／まじめじゃない。 |
| 敬體過去 | まじめでした。 |
| 常體過去 | まじめだった。 |

| 敬體過去否定 | まじめではありませんでした。<br>/まじめじゃありませんでした。 |
|---|---|
| 常體過去否定 | まじめではなかった。<br>/まじめじゃなかった。 |

## 一類動詞（語幹最後一個字為い、ち、り）

| 敬體非過去 | 買います。 |
|---|---|
| 常體非過去（字典形） | 買う。 |
| 敬體非過去否定 | 買いません。 |
| 常體非過去否定 | 買わない。 |
| 敬體過去 | 買いました。 |
| 常體過去 | 買った。 |
| 敬體過去否定 | 買いませんでした。 |
| 常體過去否定 | 買わなかった。 |

## 一類動詞（語幹最後一個字為み、び、に）

| 敬體非過去 | 飲みます。 |
|---|---|
| 常體非過去（字典形） | 飲む。 |
| 敬體非過去否定 | 飲みません。 |
| 常體非過去否定 | 飲まない。 |
| 敬體過去 | 飲みました。 |
| 常體過去 | 飲んだ。 |

| 敬體過去否定 | 飲みませんでした。 |
| 常體過去否定 | 飲まなかった。 |

## 一類動詞（語幹最後一個字為し）

| 敬體非過去 | 話します。 |
| 常體非過去（字典形） | 話す。 |
| 敬體非過去否定 | 話しません。 |
| 常體非過去否定 | 話さない。 |
| 敬體過去 | 話しました。 |
| 常體過去 | 話した。 |
| 敬體過去否定 | 話しませんでした。 |
| 常體過去否定 | 話さなかった。 |

## 一類動詞（語幹最後一個字為き、ぎ）

| 敬體非過去 | 書きます。 |
| 常體非過去（字典形） | 書く。 |
| 敬體非過去否定 | 書きません。 |

······ 🎵 119

| 常體非過去否定 | 書かない。 |
| 敬體過去 | 書きました。 |
| 常體過去 | 書いた。 |

| 敬體過去否定 | 書きませんでした。 |
| 常體過去否定 | 書かなかった。 |

| 敬體非過去 | 食べます。 |
| 常體非過去（字典形） | 食べる。 |
| 敬體非過去否定 | 食べません。 |
| 常體非過去否定 | 食べない。 |
| 敬體過去 | 食べました。 |
| 常體過去 | 食べた。 |
| 敬體過去否定 | 食べませんでした。 |
| 常體過去否定 | 食べなかった。 |

三類動詞－来ます

| 敬體非過去 | 来ます。 |
| 常體非過去（字典形） | 来る。 |
| 敬體非過去否定 | 来ません。 |
| 常體非過去否定 | 来ない。 |
| 敬體過去 | 来ました。 |
| 常體過去 | 来た。 |

使用常體的表現

| 敬體過去否定 | 来ませんでした。 |
| 常體過去否定 | 来なかった。 |

## 三類動詞－します

| 敬體非過去 | します。 |
| 常體非過去（字典形） | する。 |
| 敬體非過去否定 | しません。 |
| 常體非過去否定 | しない。 |
| 敬體過去 | しました。 |
| 常體過去 | した。 |
| 敬體過去否定 | しませんでした。 |
| 常體過去否定 | しなかった。 |

## 1. 行くらしいです

好像要去

## 2. 行かないらしいです

好像不去

### 説明

「らしい」是「好像」的意思，基於自己接獲的情報、資訊而做出判斷的時候，就可以用「常體」＋「らしい」。但是在遇到「名詞」和「な形容詞」的時候，則要去掉常體的「だ」直接加上「らしい」。

### 例句

✴ 彼は書くらしいです。

　他好像要寫。

✴ 彼は書かないらしいです。

　他好像不寫。

✴ 彼女は食べるらしいです。

　她好像要吃。

✴ 彼女は食べないらしいです。

　她好像不吃。

✦ 山本さんは来るらしいです。

　山本先生好像要來。

✴ 山本さんは来ないらしいです。

　山本先生好像不來。

＊あの人は弁護士らしいです。
　（弁護士だ→弁護士らしい）

那個人好像是律師。

＊この辺は静かならしいです。
　（静かだ→静からしい）

這附近好像很安靜。

＊山田さんの娘さんは優しいらしいです。

山田先生的女兒好像很溫柔。

## 1. 行くそうです

聽說要去

## 2. 行かないそうです

聽說不去

### 説明

「そう」是「聽說」的意思，表示自己從新聞、別人口中等得到的資訊，原封不動的再次轉述給別人聽時，就可以用「常體」＋「そう」來表示。

### 例句

✽ 彼は買うそうです。

聽說他要買。

✽ 彼は買わないそうです。

聽說他不買。

✽ 田中さんは出るそうです。

聽說田中先生會出席。

✽ 田中さんは出ないそうです。

聽說田中先生不會出席。

✽ 先生は旅行するそうです。

~~聽說老師要去旅行。~~

✽ 先生は旅行しないそうです。

聽說老師不旅行。

＊田中さんは弁護士だそうです。
　（弁護士だ＋そう）

聽說田中先生是律師。

＊この辺は静かだそうです。
　（静かだ＋そう）

聽說這附近很安靜。

＊山田さんの娘さんは優しいそうです。

聽說山田先生的女兒很溫柔。

# 1. 行くみたいです

好像要去

# 2. 行かないみたいです

好像不去

### 説明

「みたい」是「好像」的意思，和「らしい」不同的是，「みたい」依據自己的觀察所做出的結論。因此在以自己意見為主的表達上，可以用「常體」＋「みたい」。但是在遇到「名詞」和「な形容詞」的時候，則要去掉常體的「だ」再加上「みたい」。

使用常體的表現

### 例句

✽ 田中さんは怒っていたみたいです。

田中先生好像在生氣。

✽ 田中さんは怒っていないみたいです。

田中先生好像沒有生氣。

✽ 田中君は学校を辞めたみたいです。

田中好像休學了。

✽ 風邪を引いたみたいです。

好像感冒了。

✽ 田中さんは甘いものが嫌いみたいです。

（嫌いだ→嫌いみたい）

田中先生好像討厭甜食。

✽田中さんは辛いものが好きみたいです。
　（好きだ→好きみたい）

田中先生好像喜歡辣的食物。

✽あの人は近所の人みたいです。
　（近所の人だ→近所の人みたい）

那個人好像是住附近的人。

✽このレストランはいいみたいです。

那家餐廳好像很好。

## 1. 行くようです

好像要去

## 2. 行かないようです

好像不去

### 説 明

「よう」的意思和「みたい」一樣，但是「よう」是比較正式的說法。而在接續的方法上，也是「常體」＋「よう」。而名詞和な形容詞的接續方法則是：「名詞」＋「の」＋「よう」；「な形容詞」＋「な」＋「よう」。

### 例 句

✽彼は書くようです。

　他好像要寫。

✽彼は書かないようです。

　他好像不寫。

✽こちらのカレーのほうがちょっとおいしいようです。

　這邊的咖哩好像比較好吃。

✽あの人は学生ではないようです。

　那個人好像不是學生。

✽あの人は学生のようです。

　那個人好像是學生。

✽田中さんは甘いものが好きなようです。

　田中先生好像喜歡吃甜食。

使用常體的表現

## 1. 行くことにしました
決定要去

## 2. 行かないことにしました
決定不去

### 説明

「常體」＋「こと」＋「に」＋「します」，
是表示自己決定要做某件事情。因為是要說
明已經決定的事情，因此多半是用過去式來
表示。

### 例句

✱ 書くことにしました。
決定要寫。

✱ 書かないことにしました。
決定不寫。

✱ 甘いものを食べないことにしました。
決定不吃甜食。

✱ 野菜をたくさん食べることにしました。
決定要吃很多蔬菜。

✱ 明日から毎日運動することにしました。
決定明天開始要每天運動。

✱ 今日からちゃんと勉強することにしました。
決定今天開始要好好用功。

## 1. 行くことになりました

結果要去

## 2. 行かないことになりました

結果不能去

### 説 明

「ことになりました」是表示事情的結果演變成如此，是大家共同討論的結果，或者是自己無法控制的結果。如果是要接續名詞時，則要「名詞」＋「という」＋「ことになりました」。

使用常體的表現

### 例 句

✽ 今度東京へ転勤することになりました。

結果這次要調職到東京。

（調職非自己可控制的結果）

✽ 始末書を書くことになりました。

結果要寫悔過書。（被迫要寫）

✽ 始末書を書かないことになりました。

結果不用寫悔過書。（非自己控制的結果）

✽ 話し合った結果、結婚ということになりました。

商量的結果，決定要結婚。

（共同決定的結果，非個人決定）

## 1. 行くつもりです

打算要去

## 2. 行かないつもりです

不打算去

### 説明

「つもり」是「打算」「準備」的意思，表示自己打算要做某件事，或是不做某件事。

### 例句

✽ 書くつもりです。

打算要寫。

✽ 書かないつもりです。

不打算寫。

✽ 書くつもりはありません。

沒有寫的打算。

✽ 買うつもりです。

打算買。

✽ 買わないつもりです。

不打算買。

✽ 買うつもりはありません。

沒有買的打算。

✽ 来年日本へ旅行するつもりです。

明年打算去日本旅行。

---

🎵 125

✽ 甘いものは、もう食べないつもりです。

準備從今後不再吃甜食。

## 1. 行くと思います

我想會去

## 2. 行かないと思います

我想不會去

### 説明

「思います」是表示自己主觀的看法，表示自己覺得會做什麼事；或是表達自己的意見時，表示「我覺得～」。在日語對話中，常會用「思います」委婉表達自己的意見。接續的方式是「常體」＋「と」＋「思います」。

使用常體的表現

### 例句

✽ 彼は書くと思います。

　我覺得他會寫。

✽ 彼は書かないと思います。

　我覺得他不會寫。

✽ 先生は来ると思います。

　我認為老師會來。

✽ 先生は来ないと思います。

　我認為老師不會來。

✽ 正しいと思います。

　我認為正確。

✽ 正しくないと思います。
　我認為不正確。

✽ きれいだと思います。
　我覺得美麗（整潔）。

✽ きれいじゃないと思います。
　我覺得不美麗（整潔）。

✽ あの人は山田さんだと思います。
　我覺得那個人是山田先生。

✽ あの人は山田さんではないと思います。
　我覺得那個人不是山田先生。

# 1. 行くだろうと思います

我覺得大概會去

# 2. 行かないだろうと思います

我覺得大概不會去

### 説明

「だろう」是表示推測，也就是「大概～吧」的意思，再加上「思います」，即是「我覺得大概～吧」的意思。是表達自己的推測時所用的表現。在接續的方式上，動詞是「常體」＋「だろうと思います」，而な形容詞和名詞則是去掉常體的「だ」，直接加上「だろうと思います」。

使用常體的表現

### 例句

✱ 明日もきっといい天気だろうと思います。

我想明天大概也會是好天氣吧。

✱ たぶんこの辺も静かだろうと思います。

這附近大概很安靜吧。

✱ 沖縄では、今はもう暖かいだろうと思います。

沖繩現在大概很已經很暖和了吧。

✱ 彼はきっと書けるだろうと思います。

我覺得他大概會寫吧。

✱ 彼はきっと書けないだろうと思います。

我覺得他大概不會寫吧。

## 1. 行くかもしれません

也許會去

## 2. 行かないかもしれません

也許不會去

### 説 明

「かもしれません」是表示「可能」「說不定」的意思，表示自己也不確定。在接續的方式上，是「常體」＋「かもしれません」；而「名詞」和「な形容詞」則是去掉常體的「だ」再加上「かもしれません」。

### 例 句

✳ あの人はここの社長かもしれません。

　那個人說不定是這裡的社長。

✳ そっちのほうが静かかもしれません。

　那邊說不定會比較安靜。

✳ 雪が降るかもしれません。

　說不定會下雪。

✳ 彼はもう寝ているかもしれません。

　他說不定已經睡了。

✳ あの人は来ないかもしれません。

　那個人說不定不來了。

✳ このままでいいかもしれません。

　就照這樣說不定很好。

# 行くかどうかわかりません

不知道會不會去

## 説明

「～かどうか」是表示「要不要～」或「會
不會～」，「わかりません」則是「不知
道」的意思。「～かどうかわかりません」
全句意思即是「不知道會不會～」。
接續的方式是「常體」＋「かどうか」，但
是「名詞」和「な形容詞」則要去掉常體的
「だ」再加上「かどうか」。

## 例句

✽ 書くかどうかわかりません。

　不知道寫不寫。

✽ 食べるかどうかわかりません。

　不知道吃不吃。

✽ 来るかどうかわかりません。

　不知道來不來。

✽ 彼は先生かどうかわかりません。
　（先生だ→先生かどうか）

　不知道他是不是老師。

✽ パソコンは便利かどうかわかりません。
　（便利だ→便利かどうか）

　不知電腦便不便利。

✽ テストは難しいかどうかわかりません。

　不知道考試難不難。

使用常體的表現

267

## 1. 行くんじゃないかと思います

我想會去吧

## 2. 行かないんじゃないかと思います

我想不會去吧

### 説明

「〜んじゃないか」是表示「不是〜嗎」，用法類似於中文裡的「不是〜嗎」，也就是反問的方式，如「不是他嗎」，意思其實為「是他吧」。後面加上「と思います」則表示是自己認為的想法。在接續的方式上，則是「常體」＋「んじゃないかと思います」；而「名詞」和「な形容詞」則要把常體的「だ」換成「な」再加上「んじゃないかと思います」。

### 例句

✱ 彼は書くんじゃないかと思います。

我想他應該會寫吧。

✱ 彼は書かないんじゃないかと思います。

我想他應該不會寫吧。

✱ 彼は来るんじゃないかと思います。

我想他應該要來吧。

✱ 彼は来ないんじゃないかと思います。

我想他應該不會來吧。

✲ 彼は会社を辞めるんじゃないかと思います。
我想他應該會辭職吧。

✲ 彼は会社を辞めないんじゃないかと思います。
我想他應該不會辭職吧。

✲ 彼は先生なんじゃないかと思います。
我想他應該是老師吧。

✲ パソコンは便利なんじゃないかと思います。
我想電腦應該很方便吧。

✲ 明日のテストは難しいんじゃないかと思います。
明天的考試應該很難吧。

## 1. 彼は行くと言いました

他說會去

## 2. 彼は行かないと言いました

他說不會去

### 説　明

「と言いました」是表示「說：～」，通常用在敘述某人說了什麼話。接續的方式是「常體」＋「と言いました」。

### 例　句

✽ 彼は書くと言いました。

　他說要寫。

✽ 彼は書かないと言いました。

　他說不寫。

✽ 先生は行くと言いました。

　老師說會去。

✽ 先生は行かないと言いました。

　老師說不會去。

✽ 彼はここは静かだと言いました。

　他說這裡很安靜。

✽ 先生は彼はいい学生だと言いました。

　老師說他是好學生。

✽ 社長はおいしいと言いました。

　社長說好吃。

## 1. 彼は行くと聞いています

聽說他要去

## 2. 彼は行かないと聞いています

聽說他不去

### 説明

「と聞いています」是「聽說」的意思，用在表示自己聽說了什麼事情。接續的方式是「常體」＋「と聞いています」。

### 例句

✽ 彼はレポートを出すと聞いています。

聽說他要交報告。

✽ 彼はレポートを出さないと聞いています。

聽說他不交報告。

✽ ここは昔は公園だったと聞いています。

聽說這裡以前是公園。

✽ 先週のテストは難しかったと聞いています。

聽說上週的考試很難。

✽ 新しい携帯は便利だと聞いています。

聽說新型手機很方便。

使用常體的表現

# 意量形

# 意量形概説

## 説明

意量形又稱為「意志形」，是在表示自己本身的「意志」「意願」時所使用的形式。變化的形式可以分為：
1. 意量形－一類動詞
2. 意量形－二類動詞
3. 意量形－三類動詞

🎧 130

# 意量形－一類動詞

## 説明

一類動詞的意量形，是將動詞ます形語幹的最後一個字，從「い段」變為「お段」，然後再加上「う」。例如：

書きます（ます形）
↓
書こ（「か」行「い段音」的「き」→「お段」的「こ」；即ki→ko）
↓
書こ＋う（加上「う」）
↓
書こう（完成意量形）

意量形

⇨ (「い段音」→「お段音」＋「う」)

書きます→書こう

泳ぎます→泳ごう

話します→話そう

立ちます→立とう

呼びます→呼ぼう

住みます→住もう

乗ります→乗ろう

使います→使おう

## 例 句

✻ 学校へ行きます。（去學校）
　↓
　学校へ行こう。（打算去學校／去學校吧）

✻ プールで泳ぎます。（在游泳池游泳）
　↓
　プールで泳ごう。（打算在游泳池游泳／去游泳池游泳吧）

✻ 電車に乗ります。（搭火車）
　↓
　電車に乗ろう。（打算搭火車／去搭火車吧）

# 意量形－二類動詞

## 説明

二類動詞的意量形，只要將動詞的ます去掉，再加上「よう」即完成變化。例如：

食べます
↓
食べ~~ます~~
↓
食べ＋よう
↓
食べよう

⇨ （ます→よう）

教えます→教えよう

掛けます→掛けよう

見せます→見せよう

捨てます→捨てよう

始めます→始めよう

寝ます→寝よう

出ます→出よう

いよナ いぬ

着ます→着よう

飽きます→飽きよう

起きます→起きよう

意量形

生きます→生きよう

過ぎます→過ぎよう

見ます→見よう

降ります→降りよう

### 例 句

✻ 野菜を食べます。（吃蔬菜）
　↓
　野菜を食べよう。（打算吃蔬菜／吃蔬菜吧）


✻ 電車を降ります。（下火車）
　↓
　電車を降りよう。（打算下火車／下火車吧）


✻ 朝早く起きます。（一大早起床）
　↓
　朝早く起きよう。（打算早起／一起早起吧）

# 意量形－三類動詞

### 説明

三類動詞的意量形變化方法如下：
来ます→来よう（請注意發音）
します→しよう
勉強します→勉強しよう

⇨ （ます→よう）

来ます→来よう

します→しよう

勉強します→勉強しよう

洗濯します→洗濯しよう

質問します→質問しよう

説明します→説明しよう

紹介します→紹介しよう

結婚します→結婚しよう

運動します→運動しよう

参加します→参加しよう

旅行します→旅行しよう

案内します→案内しよう

食事します→食事しよう

買い物します→買い物しよう

意
量
形

例 句

✽ うちに来ます。（來我家）
　↓
　うちに来よう（來我家吧）

✽ 一緒に勉強します。（一起念書）
　↓
　一緒に勉強しよう。（打算一起念書／一起念書
　吧）

✽ 街を案内します。（介紹附近的街道）
　↓
　街を案内しよう。（打算介紹附近的街道／我為
　你介紹附近的街道吧）

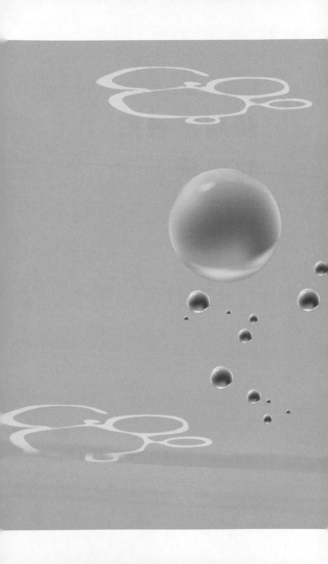

# 使用意量形
# 的表現

行こうか
行こうとしました
行こうと思っています

## 1. 行こうか

　　要走了嗎？

## 2. 行こう

　　一起走吧！／我要走了。

### 説 明

意量形除了可以用在表示自己的意志行動外，也可以用來表示請對方一起動作的意思。在動詞的「非過去否定疑問句」中，我們曾經學過「休みましょうか」這樣的句型，意思是邀約對方「要不要一起休息？」之意，也就是請對方共同做某件事情時所使用的句型。而這樣的句型，如果要改成朋友之間「常體」的說法，就是用「意量形」的「休もう」來表示。

### 例 句

✿ ワインを飲みましょうか。

　　喝杯葡萄酒吧？

✿ ワインを飲もうか。

　　喝杯葡萄酒吧？

✿ ワインを飲もう。

　　喝葡萄酒吧！

✿ じゃあ、帰りましょうか。

　　那麼，要回去了嗎？／那麼，回去吧！

使用意量形的表現

✿ じゃあ、帰ろうか。
　那麼，要回去了嗎？

✿ じゃあ、帰ろう。
　那麼，回去吧！

✿ さあ、食べましょう。
　那麼，開動吧！

✿ さあ、食べようか。
　那麼，開動吧！／那麼，要開動了嗎？

✿ さあ、食べよう。
　那麼，開動吧！

# 行こうとしました

試著要去。

### 説明

「意量形」＋「としました」，是表示「試著去做某件事」之意。通常使用這種句型時，後面會接上相反的結果，也就是「試著去做某件事，但沒有成功」之意。可以對照下面的例句來理解此句型的意思。（下列例句中的後半皆為「可能形」，可參考「可能形」的章節。）

### 例句

✽ 行こうとしましたが、行けませんでした。

雖然試著去，但去不成。

（が：可是／行けません：沒辦法去）

✽ 読もうとしましたが、読めませんでした。

雖然試著讀，但是沒辦法讀。

（が：可是／読めません：沒辦法讀）

✽ 歩こうとしましたが、歩けませんでした。

雖然試著走，但是沒辦法走。

（が：可是／歩けません：沒辦法走）

✽ 食べようとしましたが、食べられませんでした。

雖然試著吃，但沒辦法吃。

（が：可是／食べられません：沒辦法吃）

＊勉強しようとしましたが、できませんでした。

雖然試著念書，但是辦不到。

（が：可是／できません：辦不到）

＊寝ようとしても、寝られません。

即使試著睡，還是睡不著。

（としても：即使／寝られません：無法入睡）

＊忘れようとしても、忘れられません。

即使試著忘記，還是忘不掉。

（としても：即使／忘れられません：無法忘記）

## 行こうと思っています

打算要去

### 説明

意量形＋「と思っています」是表示「打算做某件事」的意思。在前面曾經提過「つもり」也是「打算」的意思，但不同的是，「つもり」前面是加上「常體」；「と思っています」的前面則是加上「意量形」。

### 例句

✽ メールを送ろうと思っています。

打算要寄電子郵件。

✽ 旅行しようと思っています。

打算去旅行。

✽ 映画を見に行こうと思っています。

打算去看電影。

✽ 今週末はサッカーをしようと思っています。

本週末打算要去踢足球。

✽ 料理を作ろうと思っています。

打算要做菜。

✽ もっと勉強しようと思っています。

打算更努力。

✽ 早く寝ようと思っています。

打算早點睡。

✽今晩この本を読もうと思っています。

今晩打算讀這本書。

✽友達と一緒に食事しようと思っています。

打算和朋友一起吃飯。

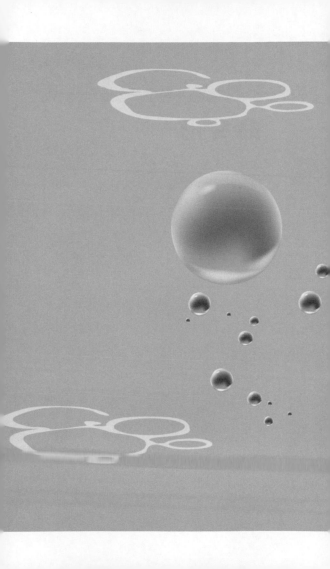

# 命令形

# 命令形概說

### 說明

命令形是用在命令別人做某件事時，由於命令的口氣通常是用在對方是小孩或是自己的平輩、晚輩時，所以要注意說話的對象和場合，才不會顯得不禮貌。接下來就介紹命令形的各種變化方式。

1. 命令形－一類動詞
2. 命令形－二類動詞
3. 命令形－三類動詞

MP3 137

# 命令形－一類動詞

### 說明

命令形的一類動詞變化，是將ます形語幹最後一個字的由「い段」變成「え段」。例如：

行きます
↓
行き~~ます~~
↓
行け（「か」行「い段音」的「き」→「え段音」的「け」，即 ki→ke）

命令形

➪ （い段音→え段音）

書きます→書け

泳ぎます→泳げ

話します→話せ

立ちます→立て

呼びます→呼べ

住みます→住め

乗ります→乗れ

使います→使え

例 句

✽ 学校へ行きます。（去學校）

↓

学校へ行け。（命令你去學校！）

-------------------------------------------------- 🅼🅿🅲 138

✽ この本を読みます。（讀這本書）

↓

この本を読め。（命令你讀這本書！）

✽ 電車に乗ります。（搭火車）

↓

電車に乗れ。（命令你去搭火車！）

# 命令形－二類動詞

### 説 明

二類動詞的命令形，是將動詞ます形的ます
去掉，直接加上「ろ」即可。例如：

食べます
↓
食べ~~ます~~
↓
食べ＋ろ
↓
食べろ

⇨ （ます→ろ）

教えます→教えろ

掛けます→掛けろ

見せます→見せろ

捨てます→捨てろ

始めます→始めろ

飽きます→飽きろ

起きます→起きろ

~~止とます~~ ~~止とろ~~

降ります→降りろ

見ます→見ろ

出ます→出ろ

寝ます→寝ろ
着ます→着ろ

例 句

✱ 野菜を食べます。（吃蔬菜）
　↓
　野菜を食べろ。（命令你吃蔬菜）

✱ ここで降ります。（在這裡下車）
　↓
　ここで降りろ。（命令你在這裡下車）

✱ 早く起きます。（早起）
　↓
　早く起きろ。（命令你早起）

# 命令形－三類動詞

### 説　明

三類動詞的命令形變化如下：

来ます→来い（注意發音）

します→しろ

勉強<ruby>勉強<rt>べんきょう</rt></ruby>します→勉強<ruby>勉強<rt>べんきょう</rt></ruby>しろ

⇨ （特殊變化）

<ruby>来<rt>き</rt></ruby>ます→<ruby>来<rt>こ</rt></ruby>い

します→しろ

<ruby>勉強<rt>べんきょう</rt></ruby>します→<ruby>勉強<rt>べんきょう</rt></ruby>しろ

<ruby>洗濯<rt>せんたく</rt></ruby>します→<ruby>洗濯<rt>せんたく</rt></ruby>しろ

<ruby>質問<rt>しつもん</rt></ruby>します→<ruby>質問<rt>しつもん</rt></ruby>しろ

<ruby>説明<rt>せつめい</rt></ruby>します→<ruby>説明<rt>せつめい</rt></ruby>しろ

<ruby>紹介<rt>しょうかい</rt></ruby>します→<ruby>紹介<rt>しょうかい</rt></ruby>しろ

<ruby>結婚<rt>けっこん</rt></ruby>します→<ruby>結婚<rt>けっこん</rt></ruby>しろ

<ruby>運動<rt>うんどう</rt></ruby>します→<ruby>運動<rt>うんどう</rt></ruby>しろ

<ruby>参加<rt>さんか</rt></ruby>します→<ruby>参加<rt>さんか</rt></ruby>しろ

<ruby>旅行<rt>りょこう</rt></ruby>します→<ruby>旅行<rt>りょこう</rt></ruby>しろ

<ruby>案内<rt>あんない</rt></ruby>します→<ruby>案内<rt>あんない</rt></ruby>しろ

<ruby>食事<rt>しょくじ</rt></ruby>します→<ruby>食事<rt>しょくじ</rt></ruby>しろ

<ruby>買<rt>か</rt></ruby>い<ruby>物<rt>もの</rt></ruby>します→<ruby>買<rt>か</rt></ruby>い<ruby>物<rt>もの</rt></ruby>しろ

命令形

例　句

✱ うちに来ます。（來我家）

↓

　うちに来い（命令你來我家）

✱ 一緒に勉強します。（一起念書）

↓

　一緒に勉強しろ。（命令你和我一起念書）

✱ 街を案内します。（介紹城市）

↓

　街を案内しろ。（命令你介紹城市）

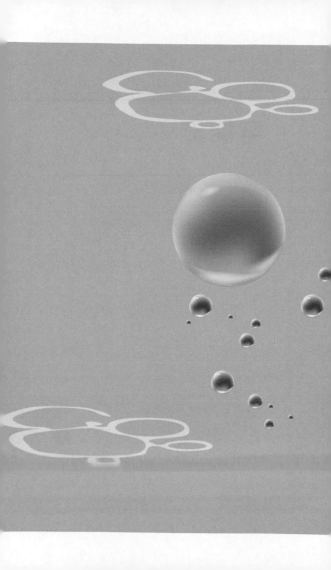

# 可能形

# 可能形概說

## 説 明

可能形是用在表現自己的能力，比如說「可能做到某件事」「能夠完成某件事」時，就是用可能形來表現。下面會介紹動詞的可能形變化：

1. 可能形－一類動詞
2. 可能形－二類動詞
3. 可能形－三類動詞

MP3 141

# 可能形－一類動詞

## 説 明

一類動詞的可能形變化和命令形很像，都是將動詞ます形的語幹，從「い段音」改成「え段音」。但是不同的是，可能形的動詞還是保有「ます」的形式。（可能形的常體則是將動詞ます形改成可能形後，再將ます改成る）

一類動詞的可能形變化如下：

行きます
↓
行けます（「か」行「い段音」的「き」→
　　　　　「え段音」的「け」，即 ki→ke）
↓
行ける（行けます的常體）

⇨ （「い段音」→「え段音」）

書きます→書けます

泳ぎます→泳げます

話します→話せます

立ちます→立てます

呼びます→呼べます

住みます→住めます

乗ります→乗れます

使います→使えます

---

MP3 142

### 例 句

✽ 学校へ行きます。（去學校）

　↓

　学校へ行けます。（會去學校）

✽ 本を読みます。（讀書）

　↓

　本が読めます。（看得懂書）

✽ 電車に乗ります。（搭火車）

　↓

　電車に乗れます。（會搭火車）

# 可能形－二類動詞

### 説明

二類動詞的可能形，是將動詞ます形的「ま
す」改成「られます」即可。（同樣的，可
能形常體則將「ます」改成「る」即可）例
如：

食べます
↓
食べ＋られます（ます→られます）
↓
食べられます
↓
食べられる（食べられます的常體）

⇨（ます→られます）

教えます→教えられます

掛けます→掛けられます

見せます→見せられます

捨てます→捨てられます

始めます→始められます

飽きます→飽きられます

起きます→起きられます

生きます→生きられます

降ります→降りられます

見ます→見えます／見られます
出ます→出られます
寝ます→寝られます
着ます→着られます

例 句

❋野菜を食べます。（吃蔬菜）
　↓
野菜が食べられます。
（可以吃蔬菜／蔬菜可以吃）


❋ここで降ります。（在這裡下車）
　↓
ここで降りられます。（可以在這裡下車）


❋早く起きます。（早起）
　↓
早く起きられます。（可以早起）

# 可能形－三類動詞

説明

三類動詞的可能形變化如下：（常體只需將
「ます」改成「る」即可）
来ます→来られます（注意發音）
します→できます
勉強します→勉強できます

➪ （特殊變化）

来ます→来られます（注意發音）

します→できます

勉強します→勉強できます

洗濯します→洗濯できます

質問します→質問できます

説明します→説明できます

紹介します→紹介できます

結婚します→結婚できます

運動します→運動できます

参加します→参加できます

旅行します→旅行できます

案内します→案内できます

食事します→食事できます

買い物します→買い物できます

🎵 144

例　句

＊会社に来ます。（來公司）
　↓
　会社に来られます。（可以來公司）


＊一緒に勉強します。（一起念書）
　↓
　一緒に勉強できます。（可以一起念書）


＊街を案内します。（介紹城市）
　↓
　街が案内できます。（能介紹城市）

## 可能動詞句

# 日本語が書けます
### 會寫日語

### 説 明

可能動詞句的句型，基本上和自動詞句相同，
需要注意的是，當「他動詞」改成「可能動
詞」之後，原本「他動詞」中，表示受詞
的「を」，在「可能動詞句」中，就要變成
「が」。

### 例 句

✽お酒を飲みます。

　喝酒。

✽お酒が飲めます。

　可以喝酒。

✽家を買います。

　買房子。

✽家が買えます。

　買得起房子。

✽山を見ます。

　看著山。

✽山が見えます。

　可以看見山。（見えます：自然進入視野）

✼ この番組がやっと見られます。

終於可以看到這個節目。

（見られます：刻意去看而且可以看得到）

✼ 音を聞きます。

聽聲音。

✼ 音が聞こえます。

可以聽到聲音。

（聞こえます：自然地聽見）

✼ 新曲がやっと聞けます。

終於可以聽到新歌了。

（聞けます：刻意去聽而可以聽見）

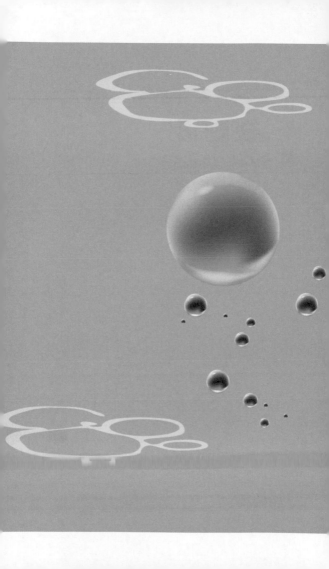

# 被動形

# 被動形－－類動詞

## 説 明

一類動詞的被動形，是將動詞ます形的語幹，從「い段音」改成「あ段音」後，再加上「れ」。而被動形的動詞還是保有「ます」的形式。（被動形的常體則是將動詞ます形改成可能形後，再將ます改成る）

一類動詞的可能形變化如下：

行きます

↓

行かます（「か」行「い段音」的「き」→
　　　　　「あ段音」的「か」，即ki→ka）

↓

行かれます（在「か」的後面再加上「れ」，
　　　　　即完成被動形）

↓

行かれる（行かれます的常體）

此外，若是語幹的最後一個字是「い」的時候，則不是變成「あ」而是變成「わ」，例如：

誘います（邀請）→誘われます（被邀請）

⇨ （「い段音」→「あ段音」＋「れ」）

　書きます→書かれます

泳ぎます→泳がれます

話します→話されます

立ちます→立たれます

呼びます→呼ばれます

住みます→住まれます

乗ります→乗られます

使います→使われます

### 例 句

✱ 学校へ行きます。（去學校）

↓

学校へ行かれます。（被叫去學校）


✱ 本を読みます。（讀書）

↓

私の本を読まれます。（我的書被別人讀了）


✱ 私が笑います。（我在笑）

↓

私が笑われます。（我被別人笑）

# 被動形－二類動詞

### 説明

二類動詞的被動形，和可能動詞相同，是將動詞ます形的「ます」改成「られます」即可。（同樣的，可能形常體則將「ます」改成「る」即可）例如：

食べます
↓
食べ＋られます（ます→られます）
↓
食べられます
↓
食べられる（食べられます的常體）

⇨ （ます→られます）

教えます→教えられます

掛けます→掛けられます

見せます→見せられます

捨てます→捨てられます

始めます→始められます

飽きます→飽きられます

起きます→起きられます

降ります→降りられます

見ます→見られます

着ます→着られます

## 例　句

✽ 野菜を食べます。（吃蔬菜）
　↓
　私の野菜を食べられます。（我的蔬菜被吃了）


✽ 本を捨てます。（丟掉書）
　↓
　私の本を捨てられます。（我的書被丟掉）


✽ 私がほめます。（我稱讚別人）
　↓
　私がほめられます。（我被別人稱讚）

# 被動形－三類動詞

被動形

説　明

三類動詞的被動形變化如下：（常體只需將
「ます」改成「る」即可）
来ます→来られます（注意發音）
します→されます
勉強します→勉強されます

⇨ （特殊變化）

来ます→来られます

します→されます

勉強します→勉強されます

洗濯します→洗濯されます

質問します→質問されます

説明します→説明されます

紹介します→紹介されます

案内します→案内されます

例　句

✻ うちに来ます。（來家裡）
↓
うちに来られます。（別人來家裡）

✽友達に紹介します。（介紹給朋友）
↓
友達に紹介されます。（被朋友介紹）


✽本を出版します。（出版書）
↓
本が出版されます。（書被出版）

# 永續圖書
## 線上購物網

www.foreverbooks.com.tw

◆ 加入會員即享活動及會員折扣。

◆ 每月均有優惠活動，期期不同。

◆ 新加入會員三天內訂購書籍不限本數金額，
即贈送精選書籍一本。（依網站標示為主）

專業圖書發行、書局經銷、圖書出版

永續圖書總代理：
五觀藝術出版社、培育文化、棋茵出版社、犬拓文化、讀
品文化、雅典文化、如意人文化、手藝家出版社、璞申文
化、智學堂文化、語言鳥文化

**活動期內，永續圖書將保留變更或終止該活動之權利及最終決定權。**

## 生活日語萬用手冊

~~日語學習更豐富多元~~
生活上常用的單字句子一應俱全，
用一本書讓日語學習的必備能力一次到位！

## 3個字搞定日語會話

專為初級學習者設計的日語會話書，
拋開文法觀念、不需硬背複雜句型，
透過基礎用語，排列組合就能暢所欲言，
依說話對象及情況選擇會話內容。
無論是旅遊或交友，
用簡單日語快速上手馬上溝通！

## 懶人日語學習法：超好用日語文法書

無痛學習！
輕鬆記憶基礎必備的日語文法句型，
文法不可怕！
從「用得到」的文法學起，
快速掌握基礎文法，
簡單入門馬上活用！
突破初級文法接軌中級日語。

# 不小心就學會日語

雅致風靡　典藏文化

親愛的顧客您好，感謝您購買這本書。即日起，填寫讀者回函卡寄回至本公司，我們每月將抽出一百名回函讀者，寄出精美禮物並享有生日當月購書優惠！想知道更多更即時的消息，歡迎加入"永續圖書粉絲團"您也可以選擇傳真、掃描或用本公司準備的免郵回函寄回，謝謝。

傳真電話：(02) 8647-3660　　　電子信箱：yungjiuh@ms45.hinet.net

| 姓名： | | 性別：　□男　□女 |
|---|---|---|
| 出生日期：　年　月　日 | | 電話： |
| 學歷： | | 職業： |
| E-mail： | | |
| 地址：□□□ | | |
| 從何處購買此書： | | 購買金額：　　　元 |
| 購買本書動機：□封面 □書名 □排版 □內容 □作者 □偶然衝動 | | |

你對本書的意見：
內容：□滿意□尚可□待改進　編輯：□滿意□尚可□待改進
封面：□滿意□尚可□待改進　定價：□滿意□尚可□待改進

其他建議：